オーリエラントの魔道師たち

人はいかにして魔道師になるのか……。注文を受けて粘土をこね，ろくろを回して魔法を込めた焼き物に焼く。はたして魔道師は職人か否か……「陶工魔道師」，女たちの密かな魔法組織を描く「闇を抱く」，死体を用いる姿なきプアダンの魔道師の復讐譚「黒蓮華《こくれんか》」，そして魔道ならざる魔道を操る者，もう一人の〈夜の写本師〉の物語「魔道写本師」。異なる四つの魔法を操る魔道師たちの物語四篇を収録。『夜の写本師』で一躍脚光を浴び，日本ファンタジーの歴史を塗り替え続ける著者の人気シリーズ〈オーリエラントの魔道師たち〉初の短篇集文庫化。

登場人物

陶工魔道師

ヴィクトゥルス……陶工魔道師
ロウ……ヴィクトゥルスの弟子
クリアル……ヴィクトゥルスの弟子
ギャラゼ……ウィダチスの魔道師
タモルス……アイグの貴族

闇を抱く

オルシア……フェデルの農民の娘
マウリス・マンダ……フェデルの貴族
ロタヤ・クピヤ・マンダ……マウリスの奥方
リアンカ……織物工房のおかみ
カリナ……刺繍を教えている女
サークルク王子……フェデルの第二王子
ゾーイ……サークルクの妃

黒蓮華《こくれんか》

アブリウス……………………ペイルスの役人
セブリウス……………………アブリウスの息子
アビア…………………………アブリウスの娘
〈暑がり〉……………………アブリウスの使用人
〈煙男〉………………………同、雑用係
〈白花〉………………………同、女奴隷
〈耳男〉………………………同、護衛。奴隷

魔道写本師

イスルイール…………………写本師
ヨウデウス……………………イスルイールの弟。商人
ウィンデル……………………ヨウデウスの甥
ナイナ…………………………イスルイールが預かっている少女
ハイン…………………………水の魔道師

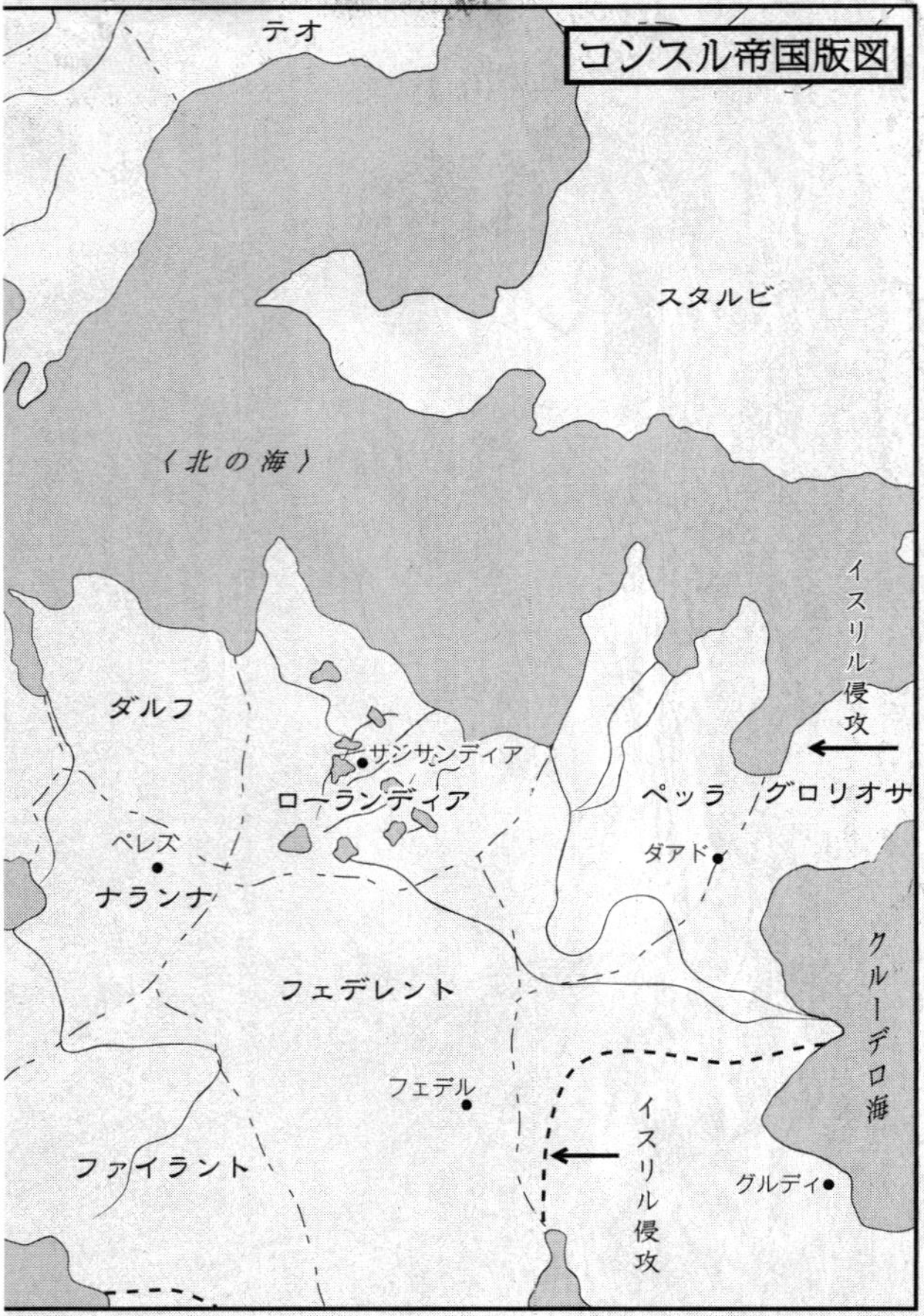
コンスル帝国版図
テオ
スタルビ
〈北の海〉
イスリル侵攻
ダルフ
サシサンディア
ローランディア
ペッラ
グロリオサ
ペレズ
ダアド
ナランナ
クルーデロ海
フェデレント
フェデル
イスリル侵攻
ファイラント
グルディ

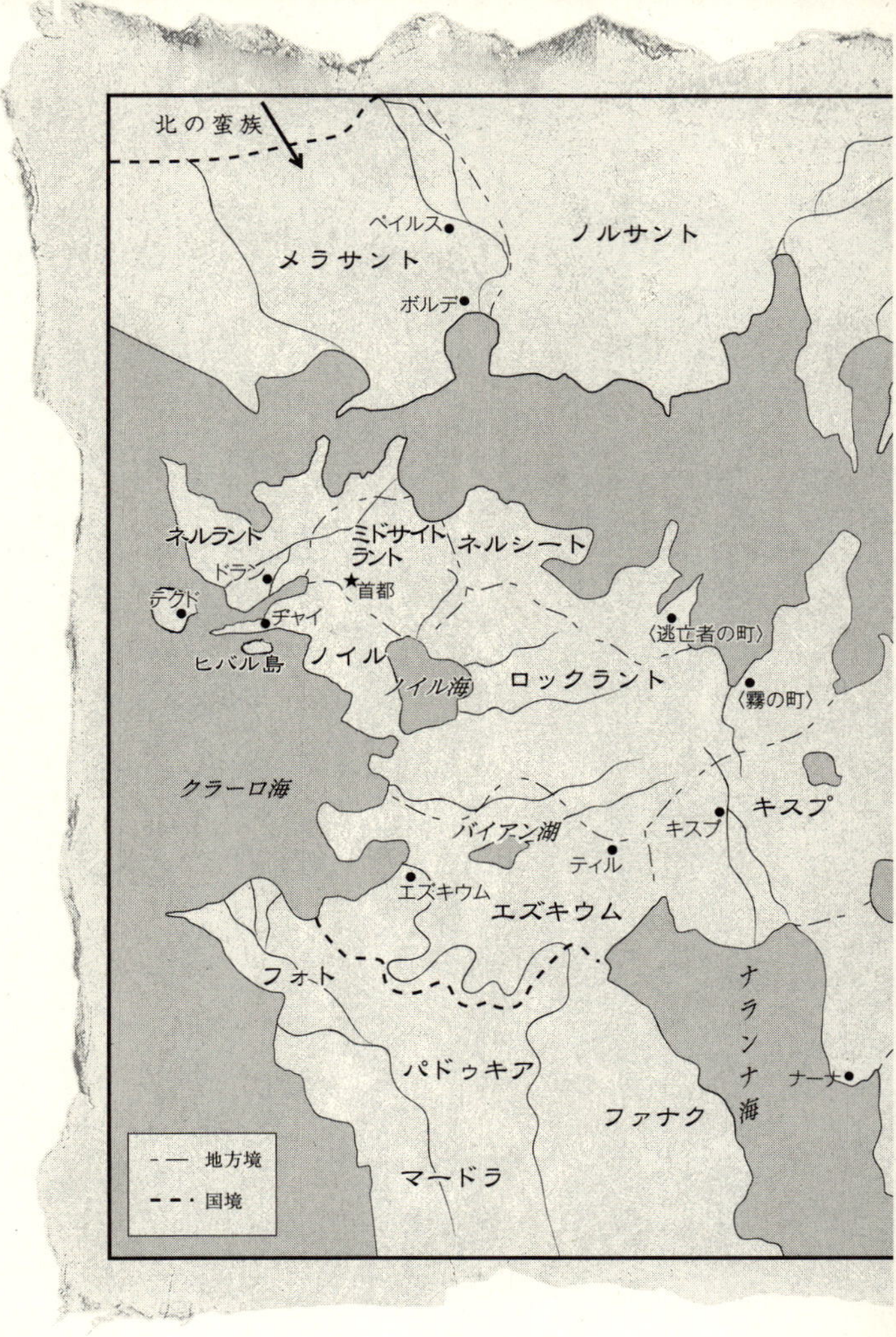
北の蛮族
ペイルス
ノルサント
メラサント
ボルデ
ネルラント
ミドサイト
ラント
ネルシート
ドラン
首都
デクド
ヂャイ
〈逃亡者の町〉
ヒバル島
ノイル
ノイル海
ロックラント
〈霧の町〉
クラーロ海
キスプ
バイアン湖
キスプ
ティル
エズキウム
エズキウム
フォト
ナランナ海
パドゥキア
ナーナ
ファナク
マードラ
地方境
国境

オーリエラントの魔道師たち

乾　石　智　子

創元推理文庫

SCRIBE IN THE DARKNESS

by

Tomoko Inuishi

2013,2016

目次

オーリエラントの魔道師たち

陶工魔道師

Sadness and Goodness

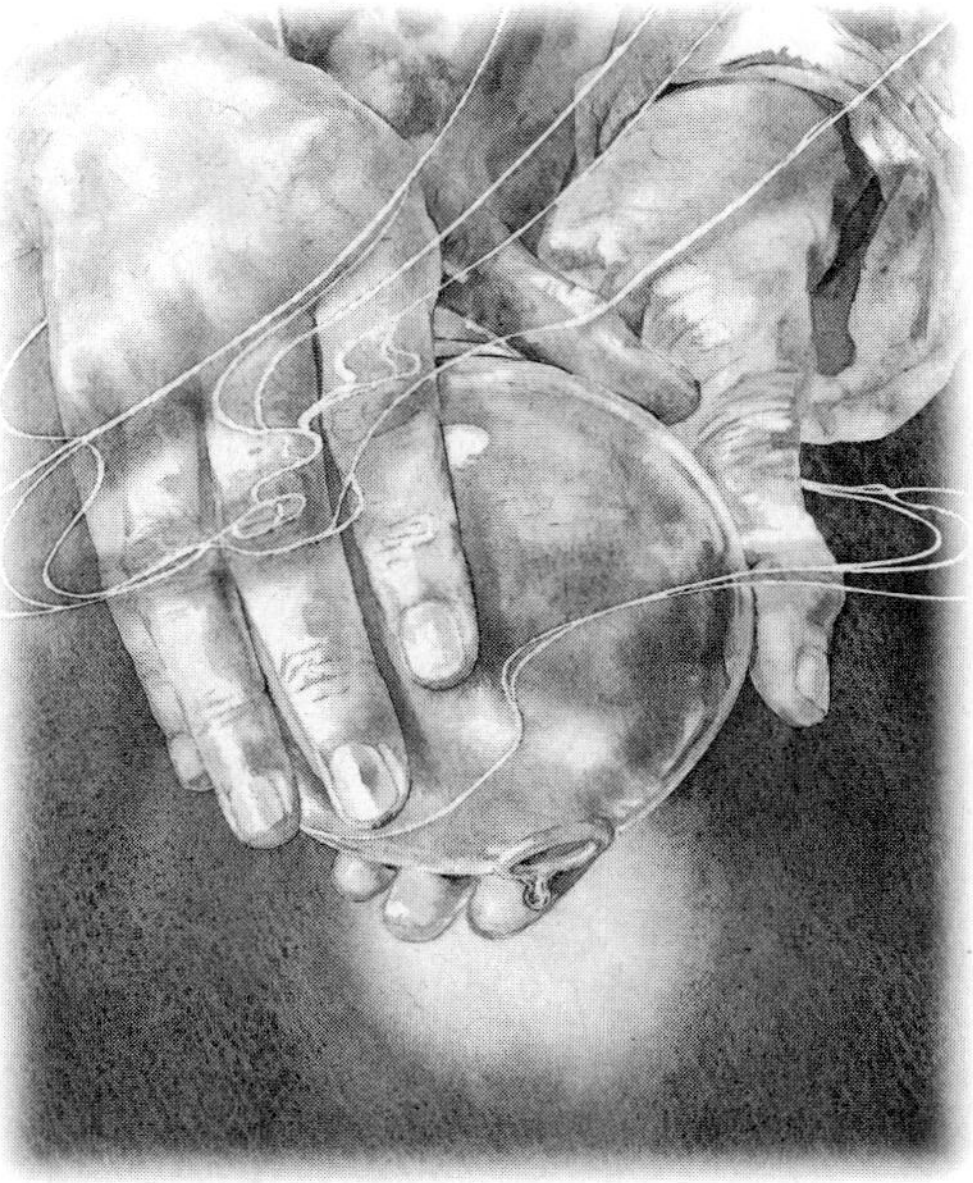

1

小春日和がつづいていた。

ヴィクトゥルスは工房裏の山の根に鶴嘴《つるはし》を入れて、陶器にする粘土の塊をとっていた。頭の上の林ではモズがヒヨドリの鳴きまねの練習にいそしみ、そよ風が陽にあたためられた落葉の香りを運んでくる。まだかろうじて枝にあるシイやミズナラの葉を、高く昇った陽が、茶金に、黄金《こがね》に、と輝かせている。

足元にごろごろ転がった粘土の塊を、二人の弟子が籠《かご》に放りこんでは工房へと運んでいく。鶴嘴をふるうのも、籠を運ぶのも、どちらも等しく重労働である。照りつける陽光もあって、彼らはすでに汗だくになっている。

七十二歳という高齢であれば、今日のような良き日には、家の前の長椅子にでもすわって、うらうらと陽だまりを呼吸し、さかんに槌音《つち》を響かせて家の修繕にいそしんでいるダァドの村の風を肌で感じて満足するべきなのだろう。だが彼は魔道師、〈ヴィクトゥルスの魔法〉をあみだしたこの道の第一人者であるがゆえ、そんな年寄りじみた隠居のまねなどしてもいられない。

他の魔道師どもと同様、彼もある年齢で年をとるのをやめた。初対面の人は三十五、六歳と見るだろう。ただ、他の魔道師がどうであるかは知らないが、彼は急に老《ふ》けたり若がえったりする。はじめのうちは、それがどのような法則に基づいているのか気づかなかったが、何度かくりかえすうちに大地の理《ことわり》に則《のっと》った力がはたらいているのだとわかってきた。

病気や災いをもたらす呪いを行えば、一気に老いる。活力や気力が奪われて、皮膚には皺《しわ》がより、あちこちに老人性の痣《あざ》やしみがうき、髪も薄くなって腰がわずかに曲がり、関節痛におそわれる。

病気を治したり災いを未然に防いだり、いわゆる善き魔法を使うと、逆に一気に若がえる。痛みは去り、腰はまっすぐにのび、銀の髪もつややかに、自慢の広い額にはしみも皺もなく——気難しげによせられる眉間の皺は別として——黒い斑の散る青緑の両眼には妖しげな光が戻り、深い眼窩《がんか》と高い鉤鼻《かぎばな》の、いかにも気力の充実した若々しい顔には、内面の年齢のもたらす自信と落ち着きと洞察力がみなぎるのだ。

この極端な振り子状態をうまく手懐けるのに十年かかった。なるべく振幅を小さくする工夫をあみだすのにさらに十年、ようやく上手に制御できるようになったのはここ数年のこと。やれやれ。

なぜそれを大地の理というか。当然といえば当然。人のためになることをすれば、力がもたらされる。人を呪うのは簡単だが、呪いは相手の力をうばうため、おのれも消耗する。ときに魔道師はそれを覚悟で闇の力をふるわねばならない。

……そろそろこの肉体労働も嫌になってきていた。もうこれまで、と鶴嘴を置こうとすると、若い方の弟子のクリアルが、

「師よ、もう少しいります」

と生真面目に言った。もう少し？　もう少しとはどれくらいだ。具体的に示せ、籠一つ分か、籠二つ分か、と嫌味ったらしく返答する。年嵩《としかさ》の弟子のロウの方は鷹揚《おうよう》でさっぱりした気性だから、彼の嫌味を受け流して「もう少し」とくりかえすが、このクリアルは若者らしい熱さを身の内にたくわえていて、流れ下る溶岩さながらにまっすぐにむかってくる。

「あと籠十杯分です」

「おう。十杯分、と言いきったな。確かに、本当に、まったく、十杯なのだな。それ以上でも、それ以下でもない、と」

とまぜっかえすとクリアルも負けてはいない、目のまわりを真っ赤に染めて、十杯分です、と力強くうなずく。

「ではそれ以上、あるいはそれ以下だったらなんとする」

う、と一瞬つまったのへ意地悪く追い討ちをかけようとしたとき、空籠をかかえて戻ってきたロウが、

「先生、舌より手を動かしてください。それともおれと交換しますか？」

と言う。師が若者をからかって楽しんでいるのを見すかしている。ヴィクトゥルスは仕方なく鶴嘴を持ちなおした。重い粘土の籠を運ぶ単純作業よりはまだまし、ということだ。一ふるいごとに大きく息をついて、いかにも大仕事であることを示唆しながら、三回ほどつづけただろうか。人声がしたように思って動きを止めると、はたして、工房表の方で訪う声がもう一度。

「おっ、客だ、客だ」

これ幸いと鶴嘴を放り投げ、返事をしながら大股でむかった。えい、今日も師にまっとうに働かせることに失敗した、と渋面の弟子二人を尻目に、にこにこと愛想笑いを浮かべて表へ出ていく。

初冬の陽射しを浴びて立っていたのは二人の男たち。片方は従者であろう。小柄だが肉付きのよい初老の男のほうを主人と見たのは、これ見よがしにアラシヤマネコの長外套《セオル》を羽織り、睥睨《へいげい》するかのように顎をあげて仁王立ちになっていたからだ。

「ヴィクトゥルスの陶器工房はここと聞いたが、しかとさようか」

毛織のセオルをまとった大柄な従者の方が横柄な口調で尋ねた。わたしが陶工のヴィクトゥルスです、とにこやかに返答すると、

「こちらはグロリオサ州はアイグの貴族タモルス様である。その方の陶工の腕前、評判の高きことを聞き及びになり、良き物なれば求めんとはるばるおいでになった。ありがたきことと思うがよい」

とやたらに高飛車なもの言い。つい気色ばむクリアルを片腕で抑え、彼は変わらぬ笑顔のままでそれはそれは、と相槌をうった。

「それはそれは。大変ありがたいことで。遠路はるばる、ようこそおいでくださいました」

タモルスと紹介された男は、顎をあげてふんぞりかえっている。貴族は貴族でも、小貴族の類《たぐい》であろう。陽に焼けた小さく丸い顔は貧相で、はめている指輪や首にぶら下げているこれ見よがしの宝石は、大きいだけの下級品、審美眼はないと見た。おそらく、イスリル撤退のどさくさにまぎれて、貴族の称号を賂《まいない》で得たか、あるいは自称貴族を名乗っているだけか。

「ときに名品を焼くという評判の嘘でないことを示してみるがよい」

主人と同じ横柄さで、大柄な従者が言った。こちらはもとは用心棒と見る。筋肉質の肩や腕、身ごなしには剣客の名残をとどめている。用心棒がそのまま貴族の側近となったの図、であるらしい。

「お目にかなう物があるかなきか、どうぞどうぞ。中に入って自由にごらんください」

ヴィクトゥルスはにこやかに戸口を示して言った。

二人はのしのしと工房内へ足を踏み入れていく。

「師よ、あのような人たちを……よろしいのでしょうか」

クリアルが歯噛みせんばかりにつぶやいた。ロウがひょうひょうと、

「客は客だよ、クリアル。大枚落としていってもらおうではないか」

「さてさて、ああした御仁にかぎってけちときている」

と師匠は笑みをさらに深くしながら言った。

「せいぜい高くふっかけてやろうぞ」

クリアルは大きく息をついた。一応納得したらしい。この春に彼のところへ弟子入りしたこの少年は、半年ほどでいくらかは世慣れてきた。以前なら、法外な値段をつけるなんてとしばらく息まいていたことだろう。

工房は高い三角屋根の木造二階建て、板壁は暗色に、屋根は茶色がかった赤に塗ってある。窓枠を白にするのはこのあたりの習慣。母屋とのあいだに広がる庭に面した戸口では、七匹の猫が陽なたぼっこをしている。ヴィクトゥルスが飼っているわけではないのだが、陽あたりのいい静かな町はずれのこの場所がお気に入りらしい。雨や雪の降る日には工房の中にそれぞれ散らばって宿りする。

二人の客は棚に並ぶ品物をさっそく片端から手にとっては戻すをくりかえしていた。いかにも目利きらしく装って、ためつすがめつする様子に、クリアルが失笑する。それらは彼が練習用に焼いたもので、釉薬《ゆうやく》もかけられずにやがて割られるはずのもの。師匠の批評を待って置い

てあるだけなのだ。

ある程度の目をもつ客なら、これはと思うものに出合うまでは手を出さない。この客は物づくりへの敬意ももたない俗物と思われた。

隣の棚に移ったタモルスが、中央の椀をむずとつかんでしげしげと眺めてから、

「これは逸品ぞ」

とつぶやいてふりかえった。

「この赤といい、この線といい、みごとなできだ」

賞讃に対して、

「さすが、貴族様のお目は高いですな。それは二十年前に焼きましたものですが、少しも色あせずひびも入らず、当時の輝きをそのまま保っております」

とうなずく。嘘八百。去年ロウが焼いたものだ。赤い花が可愛らしいそれは、市井の人の普段遣いの親しみやすさがにじみ出ている。ロウ本人は唇を必死にひきむすんで吹きだしそうになるのをこらえている。

「ですがタモルス様、タモルス様にはもっと高価な物がお似合いかと。そら、そちらの奥の棚には、発色の大変良い皿やら花瓶やら水差しが並んでおりますれば」

「ほ、ほう」

のしのしと奥へ歩んでしばらくのち、左手に杯、右手に大きな絵皿を持って彼はふりかえっ

た。この男は笑顔になると、目がつりあがってなおさら卑しくなるな、と思いながら近づいていくと、

「これはあれだな、ヴィクトゥルス、窯《かま》から出したばかりの新作であろう」

「まったく、おおせのとおりで。大した目ききでいらっしゃる。それらは今月の目玉商品です。特にそれなる皿は、本人が申すのもなんですが、新しい試みとして変わった絵具を使ってみました」

試作品だとほのめかしても、相手は聞いちゃいない。もうヴィクトゥルスの名品を手に入れたつもりで相好を崩している。

「ではこれをもらおう。ちなみに、幾らかな？」

ヴィクトゥルスはまっとうな値段を告げた。逸品と確信するものに高値をつけるのは少しもやぶさかではないが、試作品にふっかけるのは陶工の矜持《きょうじ》が許さない。

値を言ったとたんに、タモルスは酔いからさめたような顔になった。

「ヴィクトゥルス、ヴィクトゥルス。このわしを、そんじょそこらの貧乏貴族と見誤ってはおらぬか？　わしにふさわしいのは銀貨三枚の皿ではないぞ」

「おお、お気を悪くされたのであればご勘弁を。新作としては良品でありますゆえ、おすすめいたした次第。なにせその朱と橙《だいだい》と赤の岩絵の具には幸運を招く力が。されど失礼申しあげました、タモルス様にはこれ以上の幸運は必要ではない、と」

貴族の片目がきらりと光った。彼は棚に戻した絵皿をちらりとふりかえった。

「……まあ、銀貨三枚相当の幸運、ということであろう」

「まさにそのとおり。さすがはアイグの総督どの」

「……わしは総督ではない。総督の荘園を任せられてはいるが……」

口ではそう言いながら、目を素早く走らせて、ようやく全体を見まわす気になったらしい。抜け目のない顔つきに変じつつ、腕組みをして片足をゆすっているのは、ない知恵を絞るときのこの男の癖であろう。

「ヴィクトゥルスといえば、ちらりと耳にした噂があったな」

とやがて言った。

「良い噂、良くない噂、どちらもあったが——」

彼の正体を看破しようとにらみつけてきた。魔道師は微笑んだまま動じることなく見かえした。内心は身構えて、噛みつきかえす隙をうかがっている。人を脅すことはしないが、脅されたらやりかえす。攻撃されたら倍がえしにして負けてはいない。なにせ七十余年生きてきたのだ、そうした闘いの知恵はしっかり身につけている。

「望みを叶える魔法の皿を作ると聞いた」

我慢できなくなってタモルスはとうとう吐きだした。

「そうですか」

「相手をおとしめる魔法の瓶も作ると聞いた」

「さようで」

噂、と彼は口にしたが、なに、事前にきちんと聞きこみをしてきたのだ。そうでなければばたかが皿一枚のために、はるばるクルーデロ海の岸辺からやって来るはずもない。裏をとり、幾人かの証言を得て、はなっから魔法が目的で工房の敷居をまたいだのだ。

「金を出せばそれなりの物を作る、とも」

「でしょうな……」

「わしはわしにふさわしい品物、わしの望みにふさわしい物を求めてここへ参ったのだ。だが、聞いたことは聞いたこととして、いまいち信用がならぬ。自分の目で確かめなくてはな。大枚をまきあげる詐欺師にひっかかってもおられん」

ヴィクトゥルスはまだにこにことうなずくばかり。彼が何を言いたいのか、大方察しはついていたが、はいそうですかと自分から貢物をさしだす気にはなれない。愛想のいい工房主をねめつけて待つタモルスの下唇が、だんだんつきだしてきた。本心とは裏腹に、ヴィクトゥルスは人の好さそうな表情を装って待つこと数呼吸、とうとうタモルスはしびれを切らして本音を漏らした。

「実は、わしも望みを叶えるものを求めにきた。だが、おぬしの腕の真贋《しんがん》を保証するものがほしい。金はある。本物であれば、言い値で買おう」

「はては て、それは困りましたな」

魔道師は眉を下げた。

「効果があるかを確かめるには、実際買っていただかねばなりますまい」

「本物かどうか——おぬしの腕が、だ。それが証明できればよい。それを証明してみせたなら、わしのために杯を焼いてくれ。特別製のやつぞ。金貨十枚まで出そう」

二人の弟子が背中でひそかに息をのんだ。金貨一枚で一月遊んで暮らせる。

「それはそれは。……失礼ながら、お聞きしてよろしいですかな？　それほどの大枚をはたいて、何をお望みで？」

不老長寿の呪《まじな》いはない。健康元気に長生きする、程度のものはあるが。彼はひそかに警戒しながら尋ねた。するとタモルスは丸い腹をつきだして両手を腰にあて、肩をそびやかした。

「男たるもの、人の上に立つことこそ生涯の夢。皇帝、とまでは言わぬ。いずれはとは思うが、いまだその分にはないと承知しておるわ。されど、アイグとアイグ周辺を統括することなら、これはわしの分相応であろう。現総督の出身はサンサンディ、いわばよそ者ぞ。アイグ出身のわしがアイグの長となる、これは理にかなうというもの。まずはそこから。そしてやがてはグロリオサの州長官、できうれば皇帝にも昇りつめたいとは思っておる」

ヴィクトゥルスの笑みは深くなり、弟子二人はとうとう吹きだした。それを咳ばらいでなんとかごまかしている。ヴィクトゥルスにも権力欲やら出世欲はあった。昔は。長く生きていると、そうした欲望も色あせて、おのれの芯をなす大切なものが何であるかを見極められるようになる。昔を思いかえせば、この男の思いもあながちわからないこともない。だが、分相応と本人が口にした、その言葉を手のひらで転がしてみれば、どうにも彼と総督の地位はつりあわない。どことなく下卑た感じが、その器ではないと訴える。

彼の望み、その地位のことだけを考えれば杯を作るにふくむところはないのだが、為政者として思いいたすと、領地の民人にとってはどうかと首をかしげたくなる。ああ、だが、彼をどれほど知っていよう。意外に良き官吏となるかもしれない。いやいや、いくらでも金は出すと腹をつきだす男には、地位への欲望がぎらついているだけと見える。そう決めつけるな。決めつけ、思いこみは老人の証拠。

「おぬしを試すというのではないが……」

ぐちゃぐちゃと言葉をつづけていたタモルスの、一言がようやく耳に届いてわれにかえる。

「どうであろう。わしの目の前で、一品作って、それの呪いが成るかどうかを見せる、というのは」

「さようですな」

背中にクリアルの怒りを感じた。いきりたった少年が口にしてはならないことを言う前に、ヴィクトゥルスは急いで答えた。つとめてやわらかい口調で、

「お見せするのはやぶさかではありませんが、タモルス様がはるばる遠路おいでになったそも

その理由は、わたしの技を信用なさったからでは？」

「噂が聞こえてきたものでな。だが、噂は噂でしかない」

「さようですか。……こちらには幾日滞在なさいますか？」

「二、三日と思ってきた」

「それは残念。焼き物は二、三日ではできないのです。そのわけは、実際に見ていただければ納得なさいますでしょう。ロウ、ご案内して説明してさしあげよ」

ロウはしかつめらしい表情を保ったまま、二人を工房の奥の方に誘った。彼らの背中が棚のむこうに消えるのを待ってから、我慢していたクリアルがわめいた。

「魔法の技を見せろだなんて……！　よくもあんなぬけぬけと！　師よ、あのような者、どうして追いかえさないのですか」

「落ち着け、クリアル。どのように下卑た輩《やから》でも、悩みはもつし、魔道師はそれに応えねばならない」

「悩みって……！　ただの権力欲じゃあ、ないですか」

「クリアル。粉ひき屋は客を選り好みするか？　肉屋が肉を売らぬと拒むのを見たことがあるか？　魔道師とて同じこと。どのような望みであろうと、いやいや、むしろ、叶えることのむずかしい望みをこそ、助けてやらねばならないのだよ」

「あいつの望みは、欲望っていうんです、師よ。あんなのに手助けしたら、運命の神《リトン》がお怒りになります」

師匠はおだやかにかえした。

「リトンはいい塩梅《あんばい》に采配をふってくれるだろうさ。そう怒るな」

クリアルは赤い頰をふくらませた。色白で丸顔の彼がそうやって唇を尖らせると、十五歳よりはるかに幼く見える。普段はおとなびた顔つきをして、一生懸命に学び、働くが、ともすればこのように純真無垢の面があらわになる。正しくあるべきものは正しくあるべき、といまだ信じているその純粋さが、彼にはまぶしく愛おしいものに映る。諦念とともにそのようなものをすでに捨て去った者にとって、それは大地母神《イルモア》の胸に抱かれた水晶のように思われる。願わくば、この若者が世の汚濁にさらされてもなお、汚されることのない水晶を瞳の奥に輝かせておりますように。

クリアルはダァドの村をも含んだコンスル帝国貴族の四男坊だ。父親は元老院議員でもあり、本来ならば、タモルスの方がクリアルに敬意を表さなければならない立場である。

コンスル帝国暦にして八〇七年頃から、隣国イスリルの侵攻が顕著《けんちょ》となり、当時グロリオサ州の副長官であった男が、翌年妻子六人をこのダァドの町に疎開させた。五人の子どもの末っ子がこのクリアルで、そのときはまだ十歳であった。

はじめて彼を見たのは、夏のおわりの蒸し暑い夕刻であったろうか。十歳のクリアルはわんぱく盛りで、町の子どもたちと徒党を組んで走りまわっていた。よそ者であるにもかかわらず、あっというまにとけこんだうえ、同じ年頃の少年たちの気持ちをつかまえて統率力を発揮していた。彼の提案する遊びは独創的で魅力的、高い身分を鼻にかけるようでもなく誘うような言い方をするので、たちまち信頼あついものとなったようだった。

腰の曲がった農夫の畑で草むしりをし、収穫を手伝い、泥にまみれた頬を上気させていたのを覚えている。野原の真ん中で空を仰いで大声で泣いていたのに出会ったこともある。狩人が野豚の親子を矢で射殺したせいだった。親は仕方ない、だが子どもまで、というのが彼の言い分だった。狩人は子どもたちの非難をせせら笑って獲物をぶら下げて去っていった。おとなにとっては、すぐに大きくなって悪さをする野の獣である。おのれの生活をこそ護らねばならないことは自明の理であったが、クリアルには納得しかねたのだ。

村の子どもたちはそうしたクリアルの言い分に、新たな目をひらかされた。彼らにしてみれば、腰の曲がった農夫も成敗される野豚も、あまりにあたりまえの日常事《ごと》で、同情の対象にはなりえなかった。ところがクリアルの言動で思ってもみなかった側面を見て、世界がまた違った色あいを帯びた。彼らはクリアルに自分たちにはないものを感じとって、心酔していった。

クリアルはクリアルで、仲間に慕われ、敬意を払われて、一層彼らを大事に思ったに違いない。だが、同時に、自分は彼らより頭ひとつ分突出しているという感覚ももっただろう。そしてそれは、すぐに熱くなる彼の性格をして、いわゆるのぼせた状態へと、たちまち導いたのだった。

秋の川には〈北の海〉から鮭《さけ》が遡《さかのぼ》ってくる。それは町の人々にとっても上流の熊たちにとっても年に一度の楽しみであり、長い冬をしのぐのに必要不可欠な食料でもあった。ところがその年は、いつもほど遡上《そじょう》してこなかった。不思議に思った人々が調べると、町から半日行程も下流に、伐採された木の枝がおとなの身丈ほどに堰堤をなしていた。鮭はそのすぐ下で狂おしく跳ねとんでは力つきて流れていくのだった。これが、クリアル率いる少年たちの仕業であるとは、仲間の一人が口ごもりながら告白したことで明らかになった。少年たちはひっくるめて叱責を受けた。それが村全体に大きく響いた最大の悪さだったが、彼らは反省はするものの、また徒党を組んであちこちで迷惑な行為をくりかえすのだった。

ある晩秋、モズの声がきつく鳴り響く晴れた日の昼近くであったが、彼らはヴィクトゥルスの工房にやってきた。中を見たいと言うので作品には手をふれないように言いつけて許可した。当時、工房にはロウの他にエリアナという三十すぎの弟子がいたのだが、彼らは彼女のろくろに目をつけた。ぐるぐると回るろくろは、子どもにとっては大層おもしろいおもちゃに見えたのだろう。エリアナの止めるのもきかず、速度をあげたうえに粘土を置いた。偶然、粘土が跳ねとぶのを発見した二、三人がおもしろがってさらに速度をあげ、結果として壁や床やエリアナの髪といわず服といわず、粘土だらけにしてしまった。また別の数人は、入り組んだ棚から棚への冒険を発見して、迷路鬼ごっこをはじめた。一つの棚がぐらりとゆれて、素焼きの瓶が二つ三つ、床に砕けるにあたって、ロウの怒声がとどろいた。

ロウがあのような声を出したのはあれ一度きりだった。彼とエリアナは少年たちを一列に並べて叱責したが、あちこちで悪さをして叱られなれた彼らには蛙の面になんとやらで、どんぐりのような頭をした一番小さい子などは、

「おれたち、約束は守ったぜ。品物にはさわってねぇもん」

とうそぶいた。そうした詭弁《きべん》がちびのどんぐり頭から出たことに、ロウとエリアナは一瞬唖然としてつぐべき言葉がなかった。

なあ、そうだよなあ、誰もさわってねえよなあ、と少年たちは口々に言いあって顔を見あわせ、その最後に必ずクリアルの表情をうかがうのだった。

クリアルはどうだい、おれの仲間たちは大したもんだろ、と肩をそびやかしていた。

ヴィクトゥルスはその彼を一人だけ残して、他の連中には帰るように告げた。

「ええっ、なんでぇ。おれたちもいるぜ」

「そうだよ、おっさん。クリアルだけ怒ろうってのはおかしいぜ」

当のクリアルはにやにやしている。ヴィクトゥルスは手にとった薄い小皿に力を入れながら答えた。

「グロリオサ州の副長官の子息のクリアル殿に、特別にお見せしたいものがあるのでな。おまえたちには見せられん。帰りなさい」

小皿が二つに割れるぱりんという小さな音が響くと、少年たちははっとしたように目をしば

たたき、顔を見合わせ――今度はクリアルの表情を読むことはなかった――ぞろぞろと工房から出ていった。

一人残されてもいまだ虚勢をはって顎をあげているクリアルに、ヴィクトゥルスはついてくるようにと言った。

工房の最も奥まったところに仕事場がある。意匠を考える机、ろくろ、粘土の山、釉薬の原料の入った壺、道具類、巻物や冊子、それからたった一つの棚に飾られた、傑作と自負する数個の作品が詰まっている部屋だ。

ヴィクトゥルスは炉に薪をくべたし、ぱっとあがった炎のそばに椅子を置いて、クリアルにすわるように言った。

「なんだよ、見せたいものって」

叱られると予期した少年の声はふてくされて聞こえた。ヴィクトゥルスは彼の前にもう一脚椅子をもってきて、膝をつきあわせるようにすわった。唇を尖らせている彼に、丸い容器を手渡した。少年の両手にすっぽりおさまるそれは、乳色をしたすべらかな鞠《まり》の形をしており、てっぺんに指先が入るだけの小さい穴があいていた。

「これ、何」

「水差しだよ。ひっくりかえしてごらん」

言われるままに、だがおっかなびっくりそれを傾けていった少年は、その小さな穴から水滴がたった一滴、手のひらに落ちるのを見て目をみはった。

「あれ……なんで？　なんで全部出てこないんだ？」

「そういう作りをすることで、水は一滴ずつしか落ちないのだよ。おまえならこのおもしろさがわかるだろうと思ったのでね」

目をあげた彼の顔は、いたずらをするときよりも輝いた。

「それを作るのに、半年の時間がかかった。ある御仁からの注文でね。その人の要望どおりのものを作るには、あと半年かかるだろう。それは試作品だ」

クリアルの頬が赤く染まった。

「一年もかかるの？　こんな小っさいもので？」

「物をつくりあげるにはときが要るのだよ」

ヴィクトゥルスはその小容器を受けとり、机の上に置いた。机上には他の試作品も幾つか転がっている。

「これらも全部そうだ。こっちの杯などは二年かかってもなかなか思いどおりのものとはならない。幾度も試して幾度も失敗して、それでもあきらめるわけにはいかないのだよ」

クリアルの両目はいまやうるうるとして、唇からはすげぇ、の一言。

「そなたたちが壊した瓶も、ロウが苦心惨憺《さんたん》してつくりあげたものだった」

ヴィクトゥルスの声は厳しく変化し、クリアルははっと身を引いた。

「お、おれが壊したんじゃない」

「おまえが、皆をひきつれてきた」

ヴィクトゥルスは指をつきつけた。少年の眉間に縦皺が寄った。

「皆を悪さにひきこんでいるのは、おまえではないか！　常に、おまえがそそのかしている。それも、たちの悪いことに、おまえはいつでも無言だ。自らは手を汚さず、目つき顔つき一つで、『やれ』と命じ、皆はおまえのその統率力に信服し、また怖れてもいるがために逆らえない。おまえはそれも先刻ご承知なのだろう。藁山に火をつけさせ、果実を無駄に落とさせ、苜を根こそぎ掘らせ。すべておまえが、仲間を悪《あ》しき方につれていく。おまえなのだ、クリアル」

あっ、と声をあげたのかどうか。少年は口を半びらきにしてかすかにのけぞり、しばらく魔道師を凝視していた。その瞬間、ヴィクトゥルスは、彼がまったく自覚なく皆をひきずりまわしていたのだと悟った。クリアルほど純真でない魔道師は、むろんその衝撃を顔に出すことはなかったが。善悪に思い至ることなく、この少年は、「ただおもしろい」ことにつっ走っていたのだ。心の底には善悪の区別はむろんあったであろうが、純真無垢さゆえの白さは、心の底までのぞくことを許さないものだ。

彼を小さな陰謀家と決めつけて——決めつけは年をくった証拠か——ひどくあざといやり方で彼を叱ってしまった。少年の無垢なるがゆえの暴走であったものを。その無垢の鼻先に彼の汚れをつきつけて、少年を傷つけてしまった。そうして傷つけたことで、むしろ自らの身の汚れを思い知るはめになるとは。

このように胸が痛むなど、ひどく久しぶりのことだった。子どもを相手にしていると、おのれの濁りを嫌でもつきつけられる。

ヴィクトゥルスはのろのろと立ちあがり、彼に背をむけた。

「それだけの力量であれば、悪さではなく良いことにむかわせることもできように。……もう、帰りなさい」

数呼吸ののち、少年が立ちあがる物音を聞いた。彼が工房から出ていった、と確信できたとき、大きく吐息をついた。やれやれ、自らの汚濁に今さら傷つくとは。だから子どもは嫌いだ。

それからは、村の中で彼が悪さをする場面を見なくなった。いたずら坊主たちは相変わらずであったが、その中にクリアルの姿はなく、クリアルの姿がないということで彼はひどくうしろめたい気分を味わったのだった。

その年は初雪がそのまま根雪になった。五日も間断なく降りつづいた雪は、家の裏や納屋の前に吹きだまりをつくり、ようやく顔を出した太陽の熱ではもはやとかすことができなくなった。

村人たちは大急ぎで冬支度の仕あげにかかり、あかぎれやしもやけの手をさすりさすり、薪を積みあげ、豚を殺し、酢づけの野菜を刻んだ。村の道が人々の行き交いによって茶色いざらめに変わったころ、クリアルの家族は迎えにきた父親とともに、中央へと戻っていった。

――グロリオサの州都は陥落し、翌春には州境までイスリルが侵攻してくるそうな。

人々は身をよせあって東の方を見ながら噂した。州境。ダァドも山に埋もれた村ではあるが、州境に位置している。このつましい暮らしを荒らされるかもしれない、と漠たる不安を抱く一方で、深い雪がすべてをおおいかくし、巣ごもりできるだろうという楽天的な見とおしもあった。雪の降るうちは。

翌春から足掛け五年にわたって、イスリルの侵攻は州境をまたいだり退いたりをくりかえした。コンスル帝国は各地に砦《とりで》を築き、おし戻そうとした。ダァドから山一つ東の町は、そのたびにイスリル国になったり、コンスル帝国になったりと目まぐるしい変わり身を強いられたが、くぼみの底にたった一つ落ちたどんぐりさながらのダァドは、直接の戦火にはさらされることなく、ただ避難してきた人々や負傷した兵士たちを受けいれる役目をになった。

去年の初冬、イスリル軍は突然撤退を開始した。コンスル軍はこの機を逃すなと追い討ちをかけ、グロリオサ州を奪還することにようやく成功した。前々から間諜が、イスリル皇帝の軽い病《やまい》について情報をもたらしていたが、どうやら秋の終わりに突然みまかったらしい、側近同士の権力争いと後継者選定がからまりあって複雑な情勢、コンスル領土をなお侵すべしとする派閥と、いやいやここは一旦《いったん》退いて皇帝の喪に服すべしとする派閥、早急に次の皇帝をさがしだしてたて直さねばならぬと焦る魔道師たち――イスリルの皇帝は魔道師たちが山野から前帝の生まれ変わりをさがしださねばならない――と、それはもう嵐と地震と土砂崩れにいっぺんに襲われた様相であったそうな。

領土奪還をなんなくなしたコンスル側は気炎をあげ、グロリオサの東に砦や壁を築き、新しい州長官をおき、各町村にも新しい官吏や総督をおいた。こうして再びグロリオサはコンスルの領土となった。

ダァドの村からも傷病兵や疎開の民はあっというまに消えた。そして入れ替わるようにやってきたのが、十五歳になったクリアルだった。

あの丸顔、白い肌、眉をしかめる癖はそのままに、頬を赤く染めた少年はヴィクトゥルスの工房の戸口に立ち、自分を覚えているかと尋ねたのだった。

おのれの闇を嫌でもふりかえらざるをえなかったあの一瞬を、どうして忘れることができようか。彼の無垢とおのれの濁心、彼の純白とおのれのまだらなる漆黒。

もろ手をあげて歓迎したい相手ではなかった。クリアルのほうもまた、幼いときの勢いはどこへやら、遠慮がちにおずおずとたたずんでいた。その足元に猫どもがすりよっていき、尻尾をたてたことで魔道師の逡巡《しゅんじゅん》は霧散した。

「ああ」

まぬけな返事を一言発してから、ヴィクトゥルスは咳払いして片手をさし出した。

「覚えているとも、クリアル。よく来たね。さあ、中へ。香茶でもごちそうしよう」

彼はさんさんと降りそそぐ春先の明るい朝の陽の戸口から、冷やりとして灰色の紗幕《しゃまく》がかぶさっているような工房の土間へと足を踏み入れた。

ヴィクトゥルスは奥の間へ誘い、熱い香茶と少しの焼き菓子を供しながら、彼のこれまでの消息を聞きだした。帝国の中央へ戻ったあと、彼の父は元老院議員として活躍し、三人の兄たちも皆身をたてたそうだ。姉は貴族へと嫁し、十五になったクリアルは進路を選ぶ年となった。

「母は軍人と政治家はわが家にたくさんいるからたくさんだ、と言います。父は、なんでも好きなものになれば良いと」

香茶の椀を大きくなった両手のひらで包みこみながら、彼はぽつぽつと語った。

「わたしは、陶工になりたいと申しました」

思わず香茶を吹きだしそうになった。なんだって？

「覚えておいでですか。あの日、ここでお叱りを受けたとき、あなたは白くて丸い水差しを見せてくださった。水が一滴ずつしか出ない不思議な容れ物を。わたしはあのあと、あなたがおっしゃったことと、水差しと、同時に両方のことをいつも思いかえしていました。あのようにわたしをさとしてくださった方は、あなたしかいません、あのように目蓋《まぶた》に白さの残る焼き物を目にしたのもあのとき一度きりです。あなたのことはいろいろと聞いていました。〈ヴィクトゥルスの魔法〉をあみだした陶工魔道師にして名工ヴィクトゥルス、皇帝に献上された絵皿や壺も数知れず、と。わたしは政治家にも軍人にもなれません。荘園経営もしたくありません。なんになっても良いと許された珍しい運命を手にしたのなら、わたしはあなたに学んで陶工になりたいと思いました。――できうれば、陶工魔道師に。どうかお願いです、弟子の一人として加えてください。お願いです」

椀を握りしめながら身を乗りだし、眉のあいだに必死の縦皺を刻んで、すっかりおとなになったかつての腕白坊主は、それでも変わらず純白の衣を背後にたなびかせていた。頬を染め、唇を尖らせて、かたい決意を身体中からたぎらせて。

「いいだろう」

自分でも驚いた。そう言わしめたのは、一体なんであったのか。気まぐれな神《アイトラン》がおりたもうたのか、運命神《リトン》がささやきたもうたのか。

即座に快諾されるとは、彼も思っていなかったらしい。目をぱちくりして二呼吸、

「……本当に……?」

とつぶやいた。

常には熟慮のヴィクトゥルスである。人には悟られていないが、新しいことを受けいれるにも時間がかかり、納得するまであれこれと思いめぐらせる。だがなぜかこのときばかりは即座にうなずいたのだった。むしろ、クリアルの方が縦皺をさらに深くして首をかしげ、

「……でも……?」

と、身構えて条件を待った。

条件をつけた方がいいのだろうか。ヴィクトゥルスも首をかしげて少年を見つめ、しばらく

してから答えた。

「一つだけ。ここで暮らそうというのなら、表屋の一部屋を自分で掃除してもらわねばね」

ぱっと輝かせたその顔は、忘れられないものとなった。

……あれから半年、彼はすっかり暮らしと仕事に慣れて、もう何年もいるかのようになじんでいる。陶器作りは根気のいる仕事だが、若さにつきものの焦りを見せることもなく、兄弟子のロウの言うことをよく聞き、ロウの方でも彼の中に純粋な何かを感じとっているのだろう、よく面倒をみている。

ろくろを回しながら、あのときなぜ即座に承諾したのか、つらつらと考える。五年前のおのれのあざとさを、彼の願いをききとどけることで帳消しにしたかったのかもしれない。あるいは何をもってしても汚すことのできない水晶をいまだに抱いている若者に、失った過去を見たからかもしれない。ただ一つだけ、確信をもって言うことができるのは、たとえ彼が魔道師となったとしても——どこからどう見ても、魔道師からはほど遠いように思われるクリアルだが、彼がロウとともにヴィクトゥルスの後継者になるだろうという直感めいたものが生まれていた——その、汚すことのできない水晶は砕けることもなく彼の中にありつづけるということだった。はた、と手を止めた。ろくろが虚しく回った。だからこそ、迷わず首肯したのだ、とにわかに悟った。半ばつぶれた粘土の碗を前にして、しばらく身動きもしなかった。ようやくその洞察が、腹の中で心地良い寝床を見つけて落ち着いたところで、静かに息を吐き、かすかな笑みを浮かべたのだった。

いま、あのときの気持ちがよみがえってきて、やはりにんまりしていたのだろう。師よ、とクリアルの声に我にかえった。ロウが二人の客と連れだって戻ってきたところだった。

タモルスは仏頂面をしながら、仕方あるまい、と言った。

「焼き物一つに一月以上かかるとは、な。わしの望みは伝えた。だが効力があるかどうか、できて手にしてみてはじめてわかるのでは金は払えんよ」

さようですか、とヴィクトゥルスは腕組みをしてにこやかに応じた。

「だがな、魔法ぬきのヴィクトゥルスの杯も値打ちは高い、それは確かだ。そこでな、考えたのだが。魔法ぬきの代金を払おう。前金として」

ちらりと元用心棒を一瞥《いちべつ》したのは、それが彼の思いつきだったからだろう。

「わしの望みが叶った時点で後金を届けさせよう。それではどうか」

ヴィクトゥルスは唇の両端を大きくつりあげた。

「後金が届くという保証はどこにありますかな？」

不信には不信を。さりげなくやりかえす。

「保証として一筆書いていただければ。書類ができ次第、仕事に取りかかりましょう」

鼻から息をおしだして、タモルスはよかろう、とうなずいた。宿に戻ってさっそく書類を作ってこよう。そう言うと大柄な従者を連れて踵《きびす》をかえした。

工房の外に一歩出たところで、猫たちがぞろぞろと二人の前を横切っていった。隣家の若いかみさんが酸っぱくなりかけたミルクを皿に出す頃あいだった。その一列の行進はちょうどタモルスたちの進路を妨げていた。数呼吸たたずんで待つか、またぎこせばいいだけのことであったのに、タモルスは歩みをゆるめることもなく進んでいくと、無造作に一匹を蹴りあげた。

「この、図々しいやつばらめ」

蹴られたのは大きな黒猫、しかし一言も悲鳴もあげず、斜めにふっとんだものの、猫らしい身軽さでしっかり着地した。とたんにまわりの猫たちがとびすさり、毛をさかだてて牙をむきだし、普段の鳴き声からは想像もできないようなすさまじい声でわめきたてた。あたりの大気を引き裂き、うらうらと照る陽光に漆黒の亀裂《きれつ》を刻み、聞く者の肌を粟《あわ》だたせる。

さすがのタモルスも、この世のものではないような声音に慄然としたのだろう、元用心棒と先を争うようにして、逃げ帰っていった。

彼らのたてた土埃がおさまったところで、まだ鳴きたてている猫たちのあいだをぬい、ヴィクトゥルスは黒猫のそばに行った。猫は四つ足で着地したものの、タモルスがいなくなるとすぐに、地面にどたりと横たわっていた。

やたら大きな黒猫である。仔豚ほどもあろうか。金目を怒りに光らせて、しゃがれ声で呻《うめ》いた。ヴィクトゥルスはしゃがみこんで尋ねる。

「大丈夫か、ギャラゼ」

すると呻きが低くなり、猫の喉から発せられたものではなくなった。投げだされた前足後足が見るまにのびて太くなり、まばたきするあいだに猫は人間の形に変化した。

横たわっているのはクリアルとさほど年の違わぬ少年、黒髪に黒い目、浅黒い肌の、彼も魔道師、そして、やはり見た目ほど若くはない。

「あいつ、思いっきり腹を蹴っていった」

痛みをこらえながら答える声は、猫さながらに細く甲高い。

「にゃんこを蹴るなんて、人間じゃねぇ」

ヴィクトゥルスは苦笑し、心配そうにのぞきこんでいたクリアルが眉をひそめた。

「ひどいことをしますね。思いっきり蹴ったんですよ」

「薬師《くすし》に診せた方がいいんではないですか」

ロウも口を出す。

ヴィクトゥルスは立ちあがって言った。

「大丈夫そうだ。ウィダチスの魔道師はそうそうやわじゃない。そうであろう？　ギャラゼ」

同情をひくために両手足を投げだしたままだったギャラゼは、ちっ、と舌うちしてのろのろと起きあがった。弟子二人は安堵の息を吐く。

ギャラゼはうらめしそうに彼を横目で見て、

「少しは心配してくれてもいいのに。同じ魔道師同士、仲間じゃねぇか」

と嘆く。

「馬鹿を言え」

ヴィクトゥルスは笑いとばす。

「孤独こそ魔道師のさだめだろうが」

「あんたはいいよな。弟子が入れかわり立ちかわり、いつも二人か三人ついている。おれには弟子もいないし家族もいないんだからな」

いつまでも少年の姿のままであれば、魔道師の力を有しているとわかっていても、家族でさえ遠ざかっていく。ギャラゼもヴィクトゥルス同様、各地を点々としてこの村にたどりついたのだ。七十歳もすぎると孤独も心地良いものに変じるが、ギャラゼの実年齢はまだ五十かそこらだろう。終日口をきく相手がいないというのも、耐えがたいに違いない。何かを作りだす手でももてばまた別であろうが、ウィダチスの魔道師が無聊を慰める手段として選ぶとしたら、やはり獣に姿を変えて狼の群れにまぎれるか、ヒヨドリのおしゃべりに興じるか、猫の会合に加わるか。

膝の埃を両手ではたくのを見ながらヴィクトゥルスはからかった。

「嫁をもらったらどうだ。年若い美人の嫁を。夜は人の姿、朝になると毛並みのいい白狐に戻るというのはどうであろう」

黒目を猫の金目に戻してぎろりと彼をにらみつけ、ギャラゼはふくれっ面のまま踵をかえした。

「あいつ、ただではすまさないぞ」

少年の高い声で捨て科白《ぜりふ》を吐く。

「この返礼、せずにおくものか」

彼は陰湿でしつこい。ヴィクトゥルスが言うのもなんだが。

「まったく……にゃんこを蹴飛ばすなんて、人間じゃねえ……」

クリアルが心配そうに師匠の袖を引っぱった。

「いいんですか？　なだめないと……あのままでは……」

「おもしろいじゃないか」

とロウが代わりに答える。さすがに魔道師のなんたるかをわかってきているのだ。

「お手並み拝見」

「そんな……でも……」

ヴィクトゥルスはクリアルの肩に手を置いた。

「わたしは依頼の品の計画に取りかかるから、粘土運びの方は任せる」

「そんな……」

よろしく、とにっこり笑って工房の中にひきかえす背中へ、力仕事したくないだけじゃないですか、と気をとりなおして毒づく声が追いかけてきた。

2

翌早朝に、タモルスの元用心棒がやってきた。前金と証書をおしつけて、今からすぐに家路につくと言った。

「こんな、化け猫だらけの村にはあと一晩も泊っていられぬわ」

こぬか雨が降りだした前庭をすっとぶように横切っていく後ろ姿を見送りつつ、クリアルが首をかしげた。

「……何があったのでしょう」

ふふん、と鼻で笑ってヴィクトゥルスは踵をかえした。ギャラゼが猫どもをそそのかして、宿のまわりで一晩中わめかせたのだろう。村中の猫を集めれば三十匹はいる。村に一軒だけの宿の主人は、二人しかいない宿泊客がウィダチスの魔道師を怒らせたと悟って、言葉たくみに追いだしにかかったのに違いない。

大枚をはたいてくれる上客より、魔道師の怒りの方が――特にギャラゼであれば――怖ろしいことをよくよく知っているのだ。

だが、あのしつこいギャラゼのこと、報復はそれだけではすむまい。タモルスの道中は冬ごもり前の熊に襲われたり、馬が勝手に街道をはずれて道に迷ったりと、さんざんな目にあうことになるに相違ない。

まあ、ギャラゼに言わせれば、にゃんこを蹴るなど人間のすることではあるまいから、当然のむくいと言えばいえるだろう。

クリアルとロウに今日なすべきことを指示して、さて、そのタモルスの依頼にかかる。奥の間の炉に薪をくべ、冷たい指先が温まってから粘土をひと塊、こね台の上に置いた。粘土に加えるもの、作りあげる形と色、呪文とろくろを回す回数を心の中で確かめる。

良き目的のためにであれば、裏山から流れおちてくる清水をねりこめばよい。災いを退け、健康をもたらし、平穏無事をもたらす器を作るのであれば。

悪しき目的のためならば、村の中心を流れ下る川の下流のよどみから汲んでこなければなるまい。薄まってはいるものの汚水同然の濁り水を。

タモルスの願いは良くも悪くもない。おのれの欲望を叶えたいだけのこと。人のためでもなく、人を呪うわけでもなく。とすれば。

彼はすぐに立ちあがり、出かける支度をした。三日分の食料、野営に必要な物を合財袋《がっさいぶくろ》に詰めこみ、夜間の寒さにも耐えうる身ごしらえで表に出た。ロウとクリアルには二日間の留守のあいだの指示をして、一人で裏山の獣道に分け入った。

冷雨のそぼふる暗い山道を、とある尾根めざして夕刻まで歩き、尾根の根元のくぼ地で一夜をあかした。濃い霧の中、震えながら目ざめて火をかきたて、塩づけ豚と野生の大蒜《にんにく》をいためて食し、香茶で活力をえると、尾根の中腹まで四つん這いになって登った。斜面から何もない天空へと挑むように枝をつき出しているネズの木の根元を掘った。おとなの腕一本分ほどの深さまで掘りつづけ、わずかににじみ出てきた泥水を蓋つきの木の容器に入れる。それからさらに登ってイチイの木を見つけ、地面に落ちて腐りはじめた赤い実を十数個、布の小袋に詰めた。

斜面から転げおちないよう用心しながら野営地に戻り、火の始末をして帰路についた。霧が少しずつ晴れていき、うっすらと青い空が見えるようになってきた。冬ま近の冷たい空気には、針葉樹のかもす鋭い香気が含まれて、これからなすべき魔法への覚悟をうながしていた。

そま道をたどりながら考えるのは仕事の手順だった。帰ったら三日のうちにネズの根元水を粘土に練りこまなければならない。イチイの腐った赤い実を毒を含んでいる緑の種子ごとすりつぶし、これも粘土に混ぜなければならない。そのあいだじゅう、雑念は無用、ただただ持主タモルスの昇進を思って効力をあげる呪文を三千四百回唱えなければならない。二、三回多くても少なくても、大地母神《イルモア》も美と芸術の女神《イルモネス》も許してはくださろうが、それ以上の誤差はお目こぼしもきかないだろうから、クリアルに数える役をさせよう。生真面目な彼ならばきちんと記録してくれよう。

粘土を練りあげたら羊皮で包んで三日休ませる。水と木の実と呪文が土となじむのを待つのだ。三日後に軽くもう一度練って、ろくろにかけながら成形する。二十日ほど乾かしてから釉薬をかけてまたしばらく置き、窯に入れる。できあがるのは雪に埋もれる頃になるだろう。雪どけの前にはタモルスの手元に届けられるはずだった。

そこまで想起して、あとはリトン神にお任せすると決めると、足どりも軽く、夕暮れ前には家に帰りついていた。

紫紺の闇がおちかかろうという我が家の裏口には、明々とカンテラがともっていた。それも一つならず三つ、四つと。それは何かことが起きたときの常である。彼は胸騒ぎをおぼえながら裏山から半ば駆けおりた。足音を聞きつけて二人の弟子がとび出してきた。その後ろには村の衆が数人。

「どうした。何があった」

桶屋のムイングが木から落ちた、薬師にも手の施《ほどこ》しようがない、師の魔法が必要なのです、助けてくだせえ、あっしには可愛い坊主だ、なんとかしてやってくだせえ、と口々に訴える。

皆を落ち着かせてロウに説明を求めると、桶作り職人の息子ムイングが——五年前にクリアルとともに工房へ乱入して、「約束は破っていない、ものにはさわっていない」とうそぶいた、あの一番小さかったどんぐり坊主だ——柿の木に登って頭から落ちたという。

「柿の木？　もう実はなかろうに」

と不思議に思って確かめると、

「枝の先っぽに四つ五つ、残しておったんじゃ。ありゃ本当は鳥たちのもん、と決まっておるに、うまそうに熟しておったもんだから、ついつい欲が出たってことじゃろう」

と猟師の爺様が唾をとばし、

「柿は危ねえから登っちゃなんねえって口酸っぱくして教えておったんに」

と父親が腕で涙をふきふきつぶやいた。柿の枝はもろい。簡単にぽっきりといく。

肝心の容体は、と問うと、ロウがかすかに首を振った。

「薬師が言うには頭のどこかを打ったと。意識がなく、手の施しようがないと」

ヴィクトゥルスはクリアルの方をむいた。かつてのわんぱく仲間の悲運に、すでに目をうるませている。

「クリアル、奥の棚の隅っこに、あの水差しがころがっている。中の水をすべて裏山の清水と入れ替えて、どんぐり坊主の家まで持ってきなさい。ロウ、そなたの作った傷病除けの薄皿を全部かき集めろ」

ロウへの指示は歩きながらだった。裏口から工房へ入り、合財袋と旅のセオルをそのへんに放り投げ、かさばる上着も脱ぎ捨てる。ロウが慌ただしく陶器を選びだしているあいだに、小物入れの戸棚から円錐形の蜜蠟三本を取りだした。それらを革布で包むと、大股で表に出る。村人たちを従えて、カンテラの灯に影のとびすさる夜道を、桶屋の家へと下っていった。

十三歳ともなれば育ち盛りだが、狭い寝台に横たわっている子は実際よりはるかに幼く見えた。口を半びらきにして小さないびきをかいている。

薬師は四十すぎの女で、これこれの薬草をこう使っただの、どれどれの香草を気つけとして吸わせただのと処方を細かく説明したが、それは薬師の仕事の範疇《はんちゅう》、彼にはなんの役にもたたない。

蜜蠟に火を灯し、ロウの薄皿十一枚すべてにその蠟を垂らした。それらを少年を囲むように配置し、薬師の携えてきた乾燥香草から薄荷とマンネンロウを一束ずつ譲りうけ、少年の胸の上で砕いた。

そこへ、クリアルが息せききって到着した。ヴィクトゥルスの言った意味をちゃんと理解し、彼がこの道に入るきっかけとなり、師匠と彼をつなぐものとなったあの小さく白く丸い水差しを革布に包んで持ってきた。中には言われたとおりに裏山の清水が入っている。

それを傾けると一滴、坊主の胸に落ちる。大地母神《イルモア》の慈悲を請う呪文、健康を司るキサネシア神の用心深いまなざしをこちらにむける呪文、浮気症で気まぐれなリトン神の歓心を買う呪文を唱えながら、さらに一滴ずつ、額と両の目蓋《まぶた》に落とす。

固唾《かたず》をのんで見守る人々は、坊主がぱっちりと目をひらき、起きあがって「おれ、治ったぜ」とでも言うのではないかと期待した。まさか、そのような奇跡は彼の魔法にはない。

だが少年のいびきはわずかに小さくならなかったか。こめかみのあたりがほんの少しぴくつきはしなかったか。

ヴィクトゥルスは身をかがめて様子を確認したのち、皆の方に身体を起こした。

「しばらく毎日この呪《まじな》いをつづけなければならない。それに、もっと強い癒しの力水がいるな。ロスムの山のわき水を毎日これに入れて」

と水差しを示し、

「一刻おきに額に一滴ずつたらさなければならない。それは家族の誰かがになう仕事であるが――」

「あたしが、する」

進みでてきたのは少年の姉だった。煤《すす》や泥やらで真っ黒くなった顔は、どんぐり坊主とそっくりだ。この娘なら、往復半日はかかるロスム山への日参をそのばねのような足で踏破するだろう。何より弟の命を救いたいと願うその強い心が、呪いにも大きな力を与えるだろう。

「姉ちゃんがいないときは、あたいがする」

おとなたちをかきわけて、少年の妹らしき子も名乗りをあげた。妹もどんぐりだった。ヴィクトゥルスはにっこりとしたが、それはこの状況で思わず吹きだすのをごまかそうとしたためだった。

姉の方に丸い水差しを手わたして、毎日昼すぎに魔法を施しに訪うことを約束し、桶屋の家を辞した。道と敷地の境界まで出たとき、ようやく我にかえった桶屋本人があわてて追いかけてきた。お代はいかほど、と問うので、陶器や手を洗ったり、釉薬を入れておくのに使う桶を幾つか作ってくれと答えた。それから師弟三人前後になって村の道を帰った。いつのまにか雲が切れて、満月に近い初冬の月が冴えた光をまきちらし、枯れかけたネコジャラシやススキやスゲの穂の上に銀の粒子を輝かせていた。静寂が両手のひらをそっと伏せおいたような世界の中で、黒々と浮かびあがる山稜はひどく間近に感じられた。秋の終わりの木の葉の香気の中に、かすかな雪の匂いが混ざっていた。

わが家に近づいたところで、クリアルが静けさを破った。

「師よ。今日はありがとうございました」

友を救ってもらった、と恩義を感じているのだろう。だが、そんな必要はない、と言ってやりたかった。あれも魔道師のつとめ。それに、礼を言われるほどの結果を出してはいない。どんぐり坊主が快癒するかどうかは、家族の――あの娘たちの――思いの強さで決まるのだから。

次の日から、坊主のところに日参しながら、タモルスの依頼の品の下準備をはじめた。クリアルをそばにおいて呪文を唱えながらの粘土練り。そして三日休ませる。

布革に軽く包んで乾かないようにしてから、杯の意匠を考え、釉薬の調整をし、絵の具の準備をした。

どんぐり坊主は三日めにいびきをかかなくなり、四日めにいつのまにか口を閉じ、五日めには目蓋《まぶた》をぴくぴくと動かした。姉妹が一生懸命に魔法水を調達してふりかけた賜《たまもの》といえよう。ヴィクトゥルスも気を良くしていた。桶屋の家に一緒についてきたクリアルも、愁眉をひらいて尊敬のまなざしをむけてよこす。

その五日めの帰り道、鶫《つぐみ》が彼の頭に銀松《チャーキー》の実を落とした。立ちどまっていたずら者を見あげた。チャーキーで良かった。くるみであったなら、ひどく痛い思いをしたにちがいない。

それは、もう一人の魔道師の誘いだった。ふん、と息を一つ吐いてから、爪先のむきをリンゴ畑の広がる川沿いの道に変える。

「師よ、どちらへ？」

とクリアルが問うのにはかまわず、ねじくれた太く老いた木々のあいだをぬっていく。リンゴはとうにもぎとられて葉も落ち、冷たい風に頑固な年寄りめいた根っこをふんばっている。

クリアルは再び問いかけて、直後に思いあたったらしい、今度は黙ってあとをついてきた。わずかに傾斜する道をしばらく行くと、また少し登った小さな丘の上に小屋が建っている。そこが鳥を使って彼らをいざなったギャラゼの住み家だ。

今にも底のぬけそうな、灰色になった木の階段を鳴らして戸口にあがる。二つある蝶番《ちょうつがい》のうちの下の方がすっかりはずれて傾いている扉を、爪先でそっと押しやって訪いを入れる。奥の方からギャラゼの応答に、けたたましい犬猫の鳴き声が重なる。

一歩中に入れば、薄暗がりに蜘蛛《くも》の巣がほのかな光を発する殺風景な部屋だ。外の階段と寸分違《たが》わぬ灰色の床、節目に穴があいていたりする。歩くたびにぎしぎしと音がして、柱か梁《はり》か天井板が今にも落ちかかってくるのではないかと思われる。クリアルが息をつめておっかなびっくりついてくる。二人は部屋をそろそろと横切って、ほの明るい階段を十段ほどおりていった。おりるにつれて明るさが増し、両側の壁も広くなっていった。気がつくと、足元の板はいつのまにか川原石に、それから大理石へと変化していた。

布であれば生成りの、というであろう薄く明るく色づいた石で造られた奥の間は、大広間といってもいいくらいの広さで――外から見た小屋然とした家屋の片鱗もない――左右に暖炉が太い薪を燃やし、床には絨毯《じゅうたん》がしかれ、クッションが散らばり、香草もまかれている。数十匹の猫、犬、鳥、栗鼠《りす》、兎《うさぎ》がめいめい好き勝手に寝転んだり毛づくろいをしたりしている。

ギャラゼは入口と正対する張り出し窓から、さっきの鵜を見送っているところだった。二人の姿を認めると雪花石膏《アラバスター》の窓をしめ、にやりと笑った。

「ようこそようこそ。来てくれてうれしいぜ」

手ぶりで低い卓の前の低い椅子をすすめる。すわるや否や、数匹の犬が匂いをかぎにきて、数匹の猫が尻尾をたて、すねに身体をこすりつける。そのうちの一匹はいつも工房前で寝そべっているトラジマだった。ギャラゼもむかいにすわりながら、

「おもしろいことがわかったぞ。魔道師同士のよしみでおまえにも教えておこうと思った」

目を猫並みに光らせてうきうきと言う。

うさん臭げにふうん、と気ののらない返事をすると、膝の上に猫をのせたまま身を乗りだしてささやいた。

「タモルスの実体だ。あの男、やっぱりろくな人間じゃない。いいか、あいつの住まうあたり

の家畜や野の獣が見聞きしたこと、空から観察にいそしんだ鷹や渡り鳥の伝えてきたことを人間にわかるようにまとめるとな――」

ヴィクトゥルスは両手のひらを立てて彼をさえぎった。

「ギャラゼ。依頼主がどのような人間であろうと、わたしはわたしのなすべきことをする」

「おれに建前を説くなよ、ヴィクトゥルス。まあ、聞け。そら、この菓子を食え。魚屋の後家さんが焼いてくれた、とちの実の菓子だ。うまいぜ」

ギャラゼは数年前に流れてきて村に居ついた。獣を操るウィダチスの魔道師は、人を操るのもうまいのかもしれない。食べ物は人を懐柔《かいじゅう》するにはいい手段だ。ヴィクトゥルスとクリアルはつい菓子に手をのばしてしまった。魚屋の後家さんの焼いた菓子は口の中でほろほろととけた。二人とも二つめ、三つめと口にほうりこむ。どうだ、うまかろう、と相好を崩したギャラゼは、その口をつづけてタモルスの人となりについてを語った。

「タモルスはクルーデロ海南岸の出で、十数年前にアイグにやってきた。根っからの地元民というのは、ありゃ、嘘だ。アイグで季節労働者としていろんな仕事をしたらしい。荷運び人、果樹収穫の手伝い、材木切出人、湖で貝殻拾いまでしたとな。で、その貝殻を釦《ボタン》に加工する職工の娘といい仲になって婿《むこ》に入った。もともとの押しの強さで商売を広げた。腕のいい石細工職人を雇って、釦を細工させたそうだ。桜貝を花の形にしたり、青貝を三日月や滴《しずく》の形にしたり、職人たちの作りあげたそれらは、実に見事だったと。上出来のやつは一個で銀貨一枚の値がついたそうだ。それで、貴族様や豪農や金持ちの商家を上得意にできたとな。その一方で、使用人やら家族にはしみったれた扱いだったらしい。稼ぎの少ない石細工職人の一家を食えるようにしてやったのは自分だと、あの腹をつきだして威張り散らしていたらしい」

菓子はもう、籠の中に三つだけになった。ギャラゼは身ぶりで残りもすすめたので、ヴィクトゥルスとクリアルはそれぞれ一個ずつ取りあげた。

「で、稼いだ金を賂《まいない》にして、断絶しかかっていた小貴族の名前を買った。それがタモルスってわけ」

「名前を買う、なんて……そんなこと、できるんですか?」

クリアルがもぐもぐやりながら尋ねた。ギャラゼはしたり顔でうなずいた。

「中央じゃ、罪になるだろう。だが、アイグあたりの辺境じゃ、そういうこともままあるんだ」

蘊蓄《うんちく》は大好きだ。ヴィクトゥルスもすかさず口をはさむ。

「中央から派遣された軍人や官吏の中には、もともと貴族もいて、引退したあとその地に住みつく者も多かった。そうした人たちの次男、三男は荘園を分けてもらったのだよ。それが小貴族と呼ばれる人々だが、世代を追うごとに土地や財産は切り分けられて、一家もたち行くことが難しいほどになってしまう。そうすると、跡継ぎも去り、荒れはてた荘園が残る。タモルスはそうした一つを買ったのだろう」

「タモルスは隣あう荘園を三つ買った。貧しい農民を雇って荘園をたて直し、クロワタの栽培農場をはじめた。住人にはわずかばかりの給金を、自分は上等なクロワタを売りさばいて、貴族や官吏のおぼえもめでたく」

「クロワタは上等の糸になる。皇帝に献上される布もクロワタで織ったものが多い。だが、タモルスが儲けたのは綿花ばかりではなかったのだろう」

「そのとおり」

ギャラゼはうなずいた。不思議そうな顔のクリアルにヴィクトゥルスは喜んで説明した。

「クロワタの根と茎は強力な幻覚剤になるのだよ。少量であれば痛みどめによくきくが、常用するとやみつきになる。はじめは気分がうきたってすごせるが、そのうち目に見えないものを見るようになる。そしてやめようとしてもやめられない。幻覚に生活を支配され、食うものも食わずにすごし、やがて死に至る」

「タモルスはそれを売って大儲けした」

「そんなものを……買う人がいるのですか？　大儲けした、とは……」

クリアルは唖然とした。

「やめられなくなれば、幾らでも金を積むだろう。領地を手ばなす者も多かったのではないかな」

「そのとおり、そのとおり。だが、イスリルの侵攻でタモルスも避難せざるをえなくなった。やつはアイグからさほど遠くない村に身をひそめた。その村にもイスリルがやってくると、クロワタを賂《まいない》として身の安全をはかったらしい。イスリルが退き、再びコンスル帝国が戻ってきたとき、どこをどう策略をはたらかせたのか、やつは独り身になって、前より裕福になり、アイグの権力者の一人になっていた。クロワタを栽培していたことなどすっかり払いおとしてきれいな身になってな」

「なんてことだ」

クリアルがつぶやいた。憤りに目のまわりが赤くなっている。

「クロワタで人々を犠牲にして……そんな人が総督になろうとしているのですか！」

「そうだ。そんなやつが施政者になろうとしている。だいたいだな、にゃんこを蹴とばすなんて人間じゃねえ」

「師よ、この仕事は断りましょう。お金はつきかえしてやりましょう」

ヴィクトゥルスは菓子くずを払って立ちあがった。

「ギャラゼ、うまいものを馳走になった。また呼んでくれるとうれしい」

ギャラゼは椅子の背もたれに腕をかけて彼を見あげ、にやりとした。ヴィクトゥルスは猫が笑うところなどは見たことがないが、多分こんな笑顔だろうと思った。

「食い逃げとはひどいな、ヴィクトゥルス」

負けずににこやかに応じる。

「タモルスの話なぞ聞かせて、わたしの気持ちが変わるだろうなどとは甘いことだよ」

「魔道師の仕事は善悪を裁くことじゃねえってか。相手がどんなやつでも、一旦ひきうけたら完遂するべきだって、それはおまえの口癖だもんな」

「魔道師は信用第一」

とてもおもしろい冗談を耳にしたかのように、ギャラゼは天井をむいて大笑いした。

「魔道師に、信用、だってよ！」

ヴィクトゥルスはクリアルを立つようにうながした。

「契約をきちんと果たさなければ、次の依頼はこないのだよ、クリアル」

クリアルはたちまち目をつりあげて、ぱっと立ちあがった。

「だって……！　それでは……！」

まだげらげらと笑っているギャラゼに背をむけて立ち去ろうとしたヴィクトゥルスは、ふとある真実に行きあたった。一呼吸立ちどまり、ふりかえり、呼んだ。

「ギャラゼ」

「おう、なんだ」

「おまえは一つ、間違ったことを真実だと思いこんでいるよ」

「へえ。そうかい」

「にゃんこを蹴とばすなんて人間じゃない、とわめくが、猫を蹴とばしたりするのは人間だけだ」

笑い猫の口がぱっかりとあいたままになった。その彼を残して、二人は足早にウィダチスの魔道師の家から退散した。

3

工房へ戻ると、ロウが迷いこんできた雀《すずめ》を追いだそうと走りまわっていた。放っておけ、と言ったが、粘土や作品の上に糞をされてはかなわない、と箒《ほうき》を振りまわしながら叫ぶので、ヴィクトゥルスも思い直した。三人がかりで、あっちへ飛びこっちへもぐりこみするのを追いかけまわし、ようやく小窓から逃がすのに成功した。男三人、大汗をかきながら吐息をつき、休むまもなく、損じたものがないかを一つ一つ確認する。

ヴィクトゥルスは椀のへりにかかった白いものをぼろ布でふきとりながら、逃げていく雀の姿を思った。こちらも必死だったが、あちらも必死、人間であったなら、やぁんとかきゃあとか悲鳴をあげたであろう。思わず小さく吹きだした。なんだ、少しばかりギャラゼの影響をうけたようだ。

と、クリアルが奥の間からとびだしてきた。

「師よ、来てください。大変なことになっています！」

何事かと駆けつけると、もともと雑然と物を置いていた机の上が、もっと乱れている。巻物や蠟燭《ろうそく》やインクを乾かすのに使う砂やらは床にばらまかれている。

「お留守のあいだ、誰も入らなかったはずですよ」

おろおろとロウが情けない声を出した。ヴィクトゥルスはさっと室内を一瞥した。

「これはロウ、誰かが入ってしたことではないよ。こんなふうに滅茶苦茶にするのは人ではない。人ならこう、腕で払い、手で落とす。これは机の上で小さな何かが踊りを踊ったようだ。ふん。イタチかオコジョの仕業だろう。見てごらん、ほれ、砂の上に足跡を半分残していったよ」

小さな足跡の前半分が砂埃にしるされていた。

「ということは、これは、もしかして……」

「ギャラゼの命令でしたことだろうね。やれやれ。いつまでたっても、あの男は――」

「では先生、もしかしたら雀も……」

ロウが首を後ろに傾けて言った。ヴィクトゥルスは苦笑した。

「嫌がらせ、だろうな。まるで小僧っ子だ」

言いおわらないうちに、クリアルが叫んだ。

「師よ、こっちもです！」

それはタモルスの杯用の粘土だった。乾かぬように革布で二重にくるみ、紐をかけていたものが、猫の爪とぎにされてずたずたに裂けていた。粘土にまで爪跡が及び、何十箇所も傷になり、あたりには粘土の滓《かす》も散らばっている。

ヴィクトゥルスはしばらく黙ってそれを見おろした。ギャラゼめ。するとクリアルが心配半分不審半分に尋ねた。

「師よ……」

「ん？」

「なぜ……笑っておいでです？」

「笑ってなぞ、おらぬよ」

「そうでしょうか」

表情をひきしめることもなく、ヴィクトゥルスは床に置いた釉薬の桶をのぞきこんだ。匂いをかぐまでもない。猫の唾か尿か、あるいは両方が混ざっていると確信する。

「ふん……まあ、いいだろう」

「……？」

「もう一度練ればいいことだ。大丈夫だ、つづけるだけだよ」

クリアルは一瞬呆気にとられて口を半びらきにした。それから、なぜですか、と息まいた。

「ウィダチスの魔道師も、あんな人物のために骨を折ってやることはないと、これほどまでに伝えてきているのですよ。依頼はやりとげる、と師はおっしゃるけれど、こんなのは——これは——間違ってます！」

ヴィクトゥルスはしばしたたずみ、大きく嘆息をついた。一つ一つ区切って押しつけるよう

に、

「クリアル。これが、魔道師の、仕事なのだよ」

と言った。

「人の欲望、恨み、悲しみ、それらをひきうけてやるのが仕事ぞ。汚いものをうけるのが魔道師ぞ」

「それはじゅうじゅうわかっています。わたしだって、ここの敷居をまたいだときに覚悟はしました。でもこれは——！　あんまりにも多くの人々に影響するのではないのですか？」

雀を追った箒で、こぼれた砂をはき集めていたロウが顔をあげた。

「クリアル、そこまでにしろ」

「結局、お金なんだ！」

「クリアル！」

普段聞かない厳しくすごみのあるロウの声が響いた。憤りの勢い止まらずに言いすぎたと、さすがにクリアルもはっとした。紅潮していた顔がみるみる青ざめていく。ヴィクトゥルスはことさらに声を静めて答えた。

「裁きは運命神《リトン》がなさる。なすべきことをなしなさい」

しゅんとうなだれたクリアルは、のろのろとロウを手伝いだした。その横顔にはそれでもまだ、釈然としていないことを示す頰のふくらみが見てとれた。

金か、とヴィクトゥルスは粘土にむかいながら思った。金ではないのだ。それに、クリアルが本気で言ったわけでもないとわかっているのだ。しかし少しばかり傷ついた。世の人々に指さされ、陰口をたたかれ、あることないこと噂されるのには慣れている。それは魔道師だから、ということではないだろう。どんな仕事でも、どんな人柄でも、神の完璧さを身につけたとしても、悪しざまに言いたいのが人の性《さが》というもの。そしてその中傷をばらまいた当の本人が、善人面して魔道師に助けを求めてくるのが常。そうした汚濁をも呑みこんで、頼みを聞いてやらなければならない。クリアルには覚悟はできていようけれど、実際にそうした経験をしたことはない。頭ではわかっているが、心ではまだ受けとめていない。それゆえ、ヴィクトゥルスがタモルスのための杯を作ることが許せない。金、と口走ったその裏には、彼に清澄の欠片《かけら》を求めているのだ。クリアルがいまだもっている水晶の清らかさを。だが、彼にはもう、そのようなものはなくなっている。あったとしてもさざれをさらに砕いた麦粒ほどのものだ。そうわかっているのにおかしなことだ、ちりりと心に痛みが走るとは。

その日の夜遅く、杯の成形が終わった。乾燥させて焼きに入り、仕上がるのは冬のさ中だろう。早馬を雇ってもタモルスの手元に届くのは冬も終わるころか。飲まず食わずの作業のあと、そう計算しながら寝台に倒れこみ、翌日の昼すぎまでぐっすりと眠った。

翌年の晩春、タモルスから後金が届けられた。同封されていた短い書簡には、あの杯で酒を飲んだあとから次々に運がひらけ、アイグの町の総督に抜擢されたかと思うや二月のうちにグロリオサの州の副長官まで登りつめたとしたためられていた。コンスル帝国軍の東の砦を束ねる役もにない、長官に昇進するのも時間の問題、と。

ヴィクトゥルスはそれを工房前の陽だまりに置いた長椅子にすわり、年寄りらしくゆっくりと二人の弟子と猫どもに読んできかせた。春先に、隣村の若妻の依頼を受けたせいで――姑《しゅうとめ》と姑の言いなりの旦那を懲《こ》らしめるちょっと強烈な呪いをかけた――、急に老けてしまったのだった。

広げた羊皮紙の上に、鳥が糞を落としていった。彼は鼻で笑いながら手紙をねじり、工房内のごみ箱に放り投げた。縁にあたったものの、それはちゃんとごみ箱におさまった。

クリアルはむっつりとしながら、桶屋のムイングに薬椀をもっていってやりますと断って門を出ていった。

どんぐり坊主は事故のあと一月ほどで起きあがれるようになったのだったが、冬の寒さは快癒を許さず、なかなか元どおりにはならないでいる。若いから、ときをおけば必ず治ると薬師がうけあって、家族はまずは安心した。クリアルはそれを聞いて薬椀を作りたいと言った。それで薬湯を飲めば、効果があがる薬椀を。ヴィクトゥルスは二つ返事で許可し、手ずからやり方を教えた。魔道師として最初の仕事が、クリアルの善意から出た仕事になるのは大変喜ばしいことだった。冬のあいだに試作品を幾つか作ったあと、本人も満足し、師匠も納得するものができあがった。それは、友の全快を願って作りあげられたものらしく、また、クリアルのけがれのない水晶の力を注ぎこんだものにふさわしく、小さいながらつやつやと陽光に輝き、はたまた初雪さながらの純白をまとって誇らしげでさえあった。

どんぐり坊主は夏の終わりまでには全快するだろう。

クリアルにも、やがては名指しで、仕事の依頼も来るだろう。

梢の上では雀どもが恋の追いかけっこをしてかしましかった。どこからか薄紅の花弁が膝の上に舞ってきた。ヴィクトゥルスは腰をあげ、ようやく痛みのおさまりかけている腰をさすり、工房に戻っていった。


カラン麦の刈り入れがはじまったころ、ギャラゼ本人が工房に駆けこんできた。ちょうどその日は窯入れの日になっていて、ヴィクトゥルスも二人の弟子たちも火の調節や窯の熱の具合に神経を集中していたので、背後でウィダチスの魔道師がツバメや狼や山猫から聞いた東方の現状をまくしたてるのを上の空で聞いていた。

「……それでな、イスリルがグロリオサ北東部をまた、ものにしたってわけだ。コンスル側としては大きな痛手をこうむったんだな。……おい、聞いてるか？」

ヴィクトゥルスは窯の蓋の煉瓦《れんが》を積みあげ、隙間のないように粘土を詰めているところだったが、グロリオサ北東部、イスリル、という単語を耳にして動きを止めた。あとの作業は弟子二人に任せることにして立ちあがった。

「はっはあ！　やっと聞く気になったか」

「砦はどうなった？　エッセン砦、リーモン砦、ロックチェック——」

「全部イスリルに降伏したぜ。なんでだと思う？」

弟子たちが作業をつづけながら聞き耳をたてている。グロリオサの東側には北から南へ砦が点在しており、そこでイスリルをくいとめる責任者に抜擢されたのがタモルスであることは、本人の書簡で知らされたとおりだ。

ヴィクトゥルスは大きく息を吸い、次に吐いてから言った。

「タモルスの指揮が悪かったのだろう」

ギャラゼはにんまりしながら大きくうなずいた。

「もともと軍略も用兵も知らないど素人だ。しかも日頃の行状、配下に対する態度、それがひどかったらしい。人望がまったくなかった。無茶な命令を出してリーモン砦が全滅すると、命を懸けて戦った男たちを罵ってやまなかったそうだぜ。そんで、他の砦の連中はやってらんねえと思ったんだろう。さっさとイスリルに投降したってさ」

「当のタモルスは？」

「逃走途中で行方不明。……というのは表むきで」

「配下の兵たちに襲われた、か」

「ほれ、用心棒がいっしょにいたろう？　あいつのおかげで浅傷を負いながらもなんとか山ん中に逃げこんだんだけどな」

　ギャラゼのにやにや笑いが深くなった。

「人食い山猫に出くわして、食われちまったってさ」

　口のまわりを舌でぺろりとなめて、

「用心棒の方は切り刻まれたか、うまく逃げたか」

としれっと言った。

　窯の煙突が白い煙をもくもくと吐きだすのを横目で確かめつつ、ヴィクトゥルスは短く、そうか、とつぶやいた。

「猫を蹴とばした男は猫に食われた、か」

「ま、そういうことだな。これからまたしばらく、グロリオサでは戦がつづくだろう。この前みたいに州境まで侵攻してきたら、このへんも危ないかもしんねえ。聞き耳たてて噂を仕入れとかないとな」

　言うことを言って満足したギャラゼは、新しい麦粉で焼いたうまいパンをもらったから家の方に置いとくぜ、と気前のいいことを言って帰っていった。

「師よ。リトン神の目はやはり節穴ではなかったのですね」

　クリアルがはずんだ声で言った。ヴィクトゥルスは二呼吸のあいだ、若者のきらきらした目を見つめかえし、唇を歪めた。

「リトン神もイルモア女神も、このような瑣末なことでその指を動かしたりはしない。あれはギャラゼの呪いであるよ」

「ギャラゼの……？」

するとロウが最後の粘土を詰めこみながら立ちあがった。

「杯用の粘土に猫の爪跡が立っていただろう？　……それからわたしの勘ちがいでなければ、釉薬にも猫の体液が入っていたかと」

クリアルは吐きそうな顔になった。

「師よ、それはご存知だったのですか？」

「いいや。全然」

けろりとして答える。

真偽をはかりかねたクリアルがたたずむのを残して、彼は母屋の方に踵をかえした。

「火は任せたよ。一眠りする」

工房を出るとき、猫どもが口々に鳴いて挨拶を送ってよこした。ヴィクトゥルスはそれには応えず、知らぬふりをして寝床へむかったが、彼らがなんと言っているのかはちゃんとわかっていた。

――ヴィクトゥルス、若がえったね。

――ヴィクトゥルス、男盛りになったよ。

何だって？　それは一体どういうことだ、と彼は思った。ギャラゼの呪いを知りながら、かまわず杯を仕上げたのだから、むしろ年老いてしかるべきだ。ところが、猫どもは若がえったという。これはどういう理に基づいたものだろう。ギャラゼの呪いの片棒を担いだということになるのだろうか。そしてそれは、大地の理としては〈善き魔法〉として認められたということだろうか。それでは一体何が〈善い〉もので何が〈悪い〉のか、判然としなくなるではないか。

徹夜の頭では考えも定まらぬ。あとでよくよく考察する必要があろう。

それより、まずは、軽めの葡萄酒《ぶどう》でうまいパンを賞味し、満ちたりた腹と心で寝床にもぐりこもう。今はそれが一番。

どこかの畑のカラン麦の香りが、風に運ばれて漂ってくる。初夏の青空は、雲雀のさえずりに満ちている。

闇を抱く

Witches in Fedelent

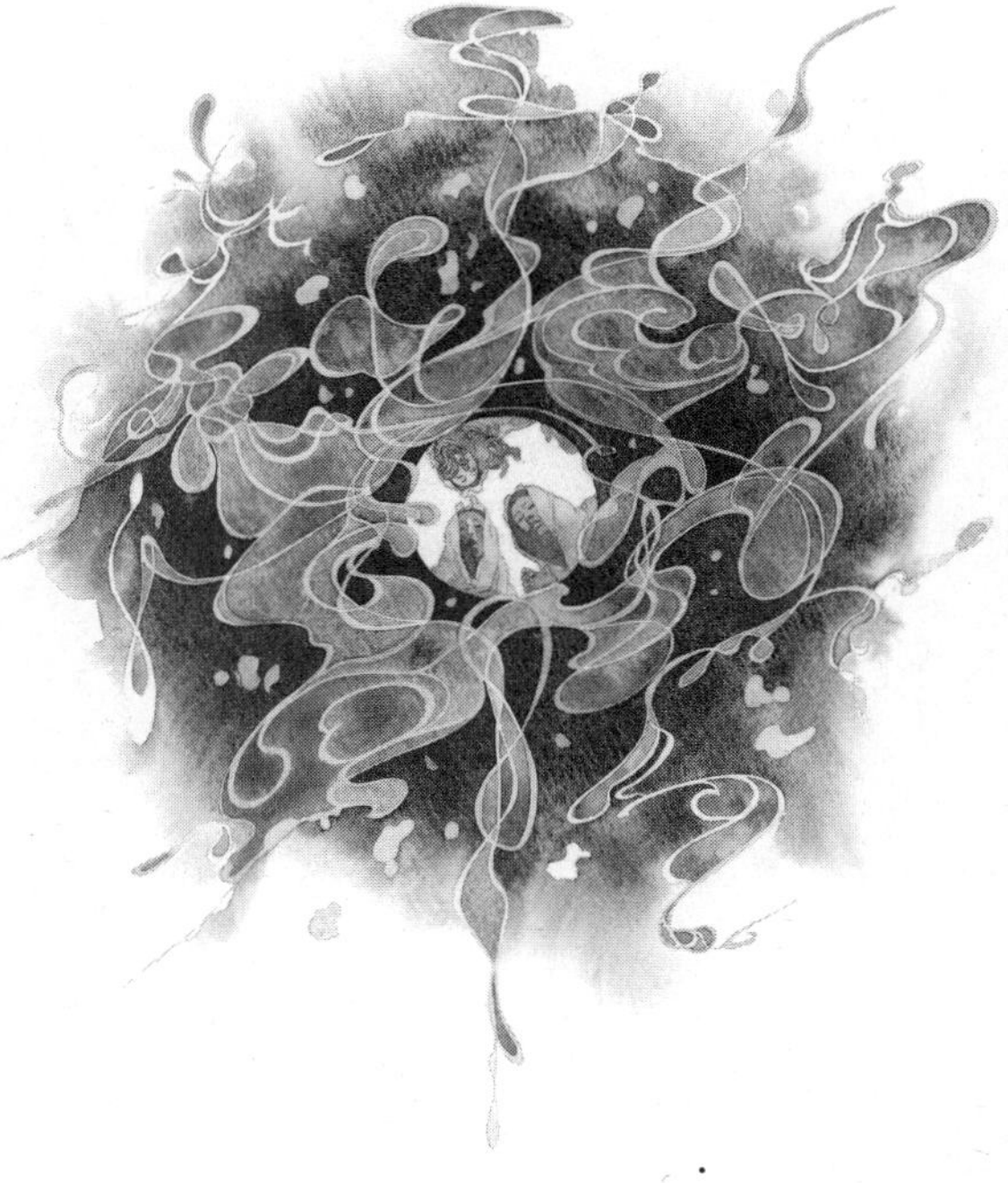

1　オルシア

鷹となって飛んでみよう。フェデレントの山岳地帯のとある山間《やまあい》に、青い一つ目を見るだろう。盆地の中央にひらいた目は、カヤ湖と呼ばれる湖である。触手のごとくにのばしているのは流れこみ、流れ出《い》づる三本の川、薄布のごとくにその身にまとっているのはカヤ葦《あし》を群生させた広大な湿地帯だ。

湿地帯のむこう側には草原がなだらかな斜面をつくっている。ところどころ白や灰色にかすんでいるのは、羊や山羊の群れ。湿地帯の東側には、フェデル市の蜘蛛《くも》の巣状に広がる街路と木造切妻葦葺《あしぶ》き屋根の家々が半円状に広がっている。そのさらに東側には畑と果樹園が山麓を駆けあがり、やがて山岳地帯へと姿を変えるのだ。

その斜面に刻まれた本街道からはずれて、橋を渡った窪地に小さな集落がある。戸数わずかに十軒あまり、もとは皆同じ血筋の出だが、近くに住まえば血が濃いほどいがみあうという世間の通例どおり仲がよいとはいえず、会えば挨拶くらいはしても、互いに干渉せずに暮らしている。

生粋《きっすい》のフェデルの民といえば、昔は大きな顔でこのあたりを牛耳っていたものだ。しかし、半世紀前の〈ゼッスの改革〉で、コンスルの血を引いていてもイスリルの血を引いていてもフェデレントに三十年来住みつづけている者であればフェデルの民であると定められて以来、一族は衰退を余儀なくされた。

「何がフェデルの民だ」

とはオルシアの父の口癖である。

「何がコンスルだ、何がイスリルだ」

それから酒瓶から大きな杯になみなみと葡萄《ぶどう》酒をついでかぶかぶとあおり、ひとくさりフェデレントの歴史を顧《かえり》みては悲憤する。

「大昔、このあたりには生粋のフェデルの民しかいなかった。豊かなるフェデルの地よ！　だが、コンスルがやってきた。やつらは剣と槍で我らを従わしめた。次にイスリルが魔道師とともにやってきて、この地を穢《けが》した。その圧制に立ちあがったのは英雄王ルクアルだった。フェデルの純血に誉《ほま》れあれ！　ああ、だが、やっと独立を手にしたというのにもはや世は、血のまじりあった腐りきった世の中になっておった！　内乱が起き、それをおさめるには〈ゼッスの改革〉による妥協が必要だった。いまや太い首の輩《やから》も、つりあがった目の輩も、まっすぐな金や赤や砂色の髪の輩も、全部いっしょくたにフェデルの民だ！　波うつ黒髪の広い額の純血でなくても、フェデルの民だ。なんという世の中だ。馬鹿野郎、イーラス神よ、やつらを連れ去ってください！」

　そしてその憤懣を吐き散らした同じ口で母を責める。もとは自身も教養のある大果樹園の地主だった。だが、こうして血筋の正統にこだわり、イスリル蔑視《べっし》の論を振りまわすものだから、だんだん働き手も去っていき、果樹園も次第に荒れ果てた。それでも父は額に汗して働こうともせず、毎日飲んだくれるようになった。

「なに、食うものが一つもねえだと。そりゃおまえたちの稼ぎが悪いからだ、畑くらいまともに耕せねえのか、このごくつぶしが」

と手当たり次第に物を投げつける。あるいは母を殴る。オルシアを蹴りつける。近所の親戚が見るに見かねて諭《さと》そうとしたが、そのたびに父の剣幕に追いたてられ、最近ではもうほとんど知らぬ顔だ。

　母は夫への従属を美徳として生きてきた女だった。日々の家事を黙々とこなし、オルシアを育てた。夫に逆らうことはほとんどなかったが、暴力からなるべくオルシアを遠ざけようと、気を配ってくれているのはわかった。夫が暴れだせば外に出るように言い、身がわりに殴られ蹴られすることもよくあった。

　とうとう三人そろって餓死せねばならないかというところまで追いつめられたとき、オルシアは一大決心をした。あれは春の終わり、フェデルの市《まち》に下っていく道みちに、よその家の果樹園のリンゴや梨の白い花が真っ青な空に映《は》えていたのを覚えている。道は乾いており、風は甘やかで、腹ぺこでも未来はなんとかなりそうだと思えたあの日。

このあたりは、コンスル時代にフェデレントと呼ばれた州の一部である。以来、広大な山岳地帯と点在する町や村は、為政者が代わっても一括してフェデレントと呼称されてきた。フェデルの市は、百年あまり前にイスリルの支配から脱する独立戦争が起きたとき、叛乱軍の拠点となった町である。イスリルを追い払ったのち、フェデルの王は十五名の側近とともに、ここを永住の地と定めたのだった。

オルシアにはこの土地の歴史などわからなかったが、フェデルの民の選民意識や男性優位観はいまだに父に根づいていて、自分たちを苦しめていることだけは感じていた。

長きにわたった異民族支配に対して生粋のフェデルの人々は、自分たちこそが特別な存在である、と信じつづけることによってのみ、耐え忍び、抵抗してきたのだ。その中でも、男性優位の意識は、民の創成期から受け継がれてきた最も重要な守るべき矜持《きょうじ》なのだった。

もっとも、生粋のフェデルの民は、絶滅したに等しい。長い年月のあいだに、人の血はまじりあい、誰もが祖先に一人や二人のコンスル人やイスリル人を持っている。それなのに父は自分が生粋の民だとわめくが、何を根拠にしているかは誰にもわからない。

父のようなのが生粋の民であるというのなら、絶滅しても少しもかまわない、とオルシアは冷たく思ったりする。

そのオルシアの一大決心とは、働かない父の代わりにフェデル市で働くことだった。

市中に入ると、葦葺きの大きな家々の門口をまわって職探しをした。しかし十一の子どもに、しかも腕の細い女の子にぴったりの職など、あろうはずもなかった。鋳掛屋《いかけ》の店先でけんもほろろに追い出され、仕立て屋のおかみからは針仕事をしたいんなら、まず逆に金を払って習ってもらわなきゃね、と気の毒がられ、葦刈り労働者たちの集まる食堂ではうちにはそんな余裕はないよ、もう三人も小僧を雇ってるんだと怒鳴られ、パン屋や八百屋からは盗人呼ばわりされる始末。

喉の渇きと空腹で、いっそのこと盗みを働いた方が早かったかもしれないと、ふらふらとさっき来た食堂の、下に通っている道を湿地の方にぼんやり下っていったのは、大きく陽が傾いた頃だった。

なんとなくそちらに引きつけられたのは、活気のあるざわめきが聞こえてきたからである。岸辺の端まで行ってみると、幾つもの長い桟橋が湿地の奥までのびていた。たくさんの小舟がフェデル葦を山ほど積んで戻ってくる。桟橋で待っていた男たちが荷車に積み直し、牛に牽《ひ》かせて岸辺まで運んでくる。岸辺の上の小高い場所に、板造りの小屋が建っている。そこから一人の男がなにやら叫ぶと、それぞれの荷車に札がつけられて市中へと移動していくのだった。叫ぶ男のそばにはもう二人、人影があった。

さんざんあちこちで断られた経験から、オルシアは本当の主《あるじ》に直接訴えた方が話の通りがいいことを学んでいた。それで、そばを荷車の車輪が脅かすような音をたてて通りすぎていってから、裏側から小屋に登っていき、窓枠にしがみつくようにして、あのう、と声をかけた。

ふりむいたのは上等な服を着た若い旦那さんとその奥様だった。追い払われる前に、オルシアは自分を雇ってほしいこと、どんなにきつい仕事でもすること、葦運びでも葦刈りでも、男と同じように一生懸命働くことをまくしたてた。

旦那さんは浅黒く整った顔だちだった。オルシアの話を黙って聞いているうちに、口元には薄ら笑いが浮かんだ。半ばおもしろがり、半ば嘲《あざけ》っているその笑いに、どうやらだめらしいと口をつぐんだ。はたして、妙に金属的な響きをもつ声で、

「お嬢ちゃん、これは力仕事だ。男の子になったらまたおいで」

と言い捨てて正面をむいてしまった。

「なんでもいいんです、下働きでも舟掃除でもなんでもします」

しかし旦那さんはもう見むきもしなかった。一度そっぽをむかれてしまっては見こみはない、ということも今日一日の経験で知った。西陽が長い影を作って、もう帰らなければならないともわかっていた。溜息をつき、しがみついていた窓枠から身体をはなし、地面におりようとしたそのとき、奥様の顔が出てきた。

古風な顔だち、と思ったのは、あちこちに転がっているコンスル時代の浮き彫りやら石像や

らの残骸に見てとれる輪郭《りんかく》と同じだったからだ。なめらかな曲線、顎が小さく唇も小さめでふっくらしている。白い額は広いが出っ張りすぎてはいないし、鼻筋も通ってはいるが高すぎはしない。眉は細く長く、リンゴの種の形をして、瞳には黒い炎が燃えているように見える。コンスル人のようでありながら波うつ漆黒の髪はフェデルの民のものだ。母より若いようだ。三十にはなっていないだろう。

どこから来たのと問うたその声は、やわらかい麻のようだった。急《せ》きこんで答えると、そんなに遠くから、と同情する口調にはなぜか哀しみの響きがまじっていた。財布から銅貨を取りだし、手のひらに置いてくれたが、オルシアはそれを桟の上に返した。

「物乞いじゃありません。仕事がほしいの」

奥様はほんの少し目をみはった。そしてすぐに、何かわけがありそうね、と言った。食い扶《ぶ》持《ち》ぐらいは稼ぎたいのだと言うと、奥様はかすかに首を振った。

「食い扶持ぐらいを稼ぐのは、並大抵のことではありませんよ。これは持っていきなさい」

正直なところ、銅貨一枚はほしかった。しかしそれを受けとれば、父のように崩れていく、と本能が教えた。オルシアは桟から身体をはなし、坂をおりはじめた。

「待って！　そこで待ってて！」

奥様の声が背中でした。銅貨はもらわない、そうあらためて自分に言い聞かせて足を止めると、やがてそばに奥様がやってきた。いい匂いがした。炎の匂いだと思った。

奥様は懐《ふところ》から小さくて平たい木片を取りだした。つやつやしていてカワセミの彫刻がしてある。

「これを持って、ヒョルヒン通りの織物工房に行きなさい。そこのおかみさんのリアンカに渡して、織物を教えてくださいって言うのよ。手に職さえつければ、一生食べていけるわ」

「でも、今すぐ、働きたいんです。それに、教わるお金なんか持ってないし……」

「あなたは賢い子ね。名前を教えてくれる?」

教えると、奥様はロタヤ・クピヤ・マンダだと名乗った。クピヤ家もマンダ家もフェデル市中の名家である。

「わたしはね、オルシア、女の人が困っているのは見すごせないの。まだおとなになっていない女の子でもね。お金の心配はいいから。わたしに慈善事業をさせてちょうだい。それであなたの家族が餓え死にからまぬがれて、あなたが一人前の職工になれば、わたしも少しはいいことをしたと思えて自己満足にひたれるわ。さあ、行って。もうじき陽が沈む。リアンカに話せば、ちゃんと暮らしが立つようにしてくれるから」

鳥の木彫りは夕陽の中で蜂蜜がとろけるように光った。

オルシアは坂道を太陽とむきあって登り、夜光草の花が咲きはじめた土手を横切って市中に戻り、ヒョルヒン通りの織物工房になんとか日暮れ前にたどり着いた。

おかみさんのリアンカはイスリルの血を多く引くとわかる、細い切れ長の目の浅黒い小柄な女性だった。木彫りを見せたとたん、眉のあいだの縦皺《たてじわ》が消えた。ロタヤのような笑顔は見せなかったが、すぐに明日から来るようにと快諾してくれた。そして、つくろってある胴着や栄養の足りない身体つきで悟ったのだろう、小さな背負い籠に幾ばくかの野菜とパンを入れて持たせてくれた。

翌日からオルシアはリアンカの織物工房に通った。ロタヤ様の好意に報いるため、一日も早く一人前になろうと必死に努力した。職工はみんな女性で、オルシアと同じように習いにきている娘もいた。

一度二歳年上の娘に意地悪をされたことがあった。杼《ひ》と打ちこみ櫛を隠されたのだ。ちょっとさがしてすぐに見つけたので、オルシアは何も言わなかったが、リアンカは気がついたようだった。

夕方になって絨毯《じゅうたん》織りとタペストリー織りの女たちが残って夜の仕事をつづけ、機織《はたお》りとレース織りの少女たちや見習いが帰る準備をしているとき、リアンカは皆の前でその娘を呼びつけて、今朝のようなことをもう一度したら工房から出ていってもらう、と宣言した。娘は自分は名家の出である、だから誰もわたしを追いだすことはできない、と唇をとがらせたが、リアンカは一旦《いったん》工房に入って教えを乞うた者は身分の差なくすべて我が生徒である、それを不満とするのであれば明日から来なくていいと言い放った。

その娘は翌日から顔を見せなくなった。以来、他の娘たちも互いに気をつかいあい、嫌がらせもなくなった。名家から苦情がくることはなかった。自尊心の高そうな娘だったから、追いだされたとは家の者にも言えなかったのだろう。

二月《ふたつき》がたつ頃には、オルシアの腕もあがり、機織りの一通りを習得していた。

春は夏の顔となり、フェデルの市は湿気の多い暑熱をはらんだ。ある日の昼すぎ、井戸で冷やした山羊の乳とカラン麦のパン、黒々とした大粒の葡萄という食事をしたためて一休みしていると、のっそりと父が入ってきた。オルシアは凍りついた。着のみ着のままで一月《ひとつき》も物置で寝起きしていたかのような風体で、酔眼を血走らせ、戸口にぶつかって悪態をついてからオルシアの名をわめいた。彼女を見つけると大股に近づいてきて真っ黒な爪の手をのばしてきた。オルシアは縮みあがり、迫ってくる爪をただ凝視するばかり。

そのとき、織り機の長い杼が風を切って、ぴしりと音をたてた。

母やオルシアに暴力をふるいなれてきた父は、人から打たれたことなどなかったにちがいない。一時《いっとき》、その痛みが信じられないようだった。呆然としたその胸を杼の先で一歩ずつ戸口の方に押しやりながら、リアンカが冷たく言った。

「父親だろうが母親だろうが、わたしの工房に入るのは礼を尽くしてからにしてほしいわね」

父はその杼をつかもうとした。リアンカは剣のようにひるがえして再びその手を打った。懲《こ》りずにわめきながら何度か同じことをくりかえすうちに、父は戸口の敷居に踵《かかと》を引っかけて尻もちをついた。

「なんて生意気な女だ……！　こんなことしていいと思っているのか！　訴えてやるっ」

リアンカは涼しい顔だった。どうぞご自由に、と突きはなす。父は四つん這いになってからなんとか立ちあがり、ひとしきり罵詈雑言《ばりぞうごん》を吐き散らしたのち、立ち去っていった。

オルシアは両手を拳《こぶし》にしてじっと自分の膝を見つめていた。リアンカはそばに来て彼女の頭をひとなでしてから静かに言った。

「心配しなくていいわよ。あの人のせいで、あなたはここへ来たのでしょう」

「でも、訴えるって……」

「できるもんですか。オルシア、あんたの父さんだけど、遠慮なく言わせてもらえば、弱い者を支配しようとする人の本性は、弱いのよ。自分が弱いことを認めたくないがために、手をあげるの。それにお役所が彼の言うことを聞くと思う？　門前払いされるのが落ちよ。心配ないわ」

「それじゃ……」

「安心していいわよ。二度と父さんが来ることはない。さあ、みんなも。仕事に取りかかる時間ですよ」

その日の夕刻、帰ろうとするオルシアをリアンカは呼び止めた。奥の事務所に招きいれ、板戸を閉める。夜光草の光が輪になってやわらかく広がっていた。リアンカはくず糸で織った練習用の布を見せ、

「ここに、父さんの髪の毛をはさんで折り畳むの」

と言った。

「それからなんの紐でもいい、おうちにある紐でこう縛る」

十字に紐をからめて縛ってみせた。

「結び方はどうでもいいの。とにかく十字に縛ること。そして呪文を唱えながら、父さんが必ず通るところに置くといいわ。見つからない限り、父さんはあなたにも母さんにも暴力をふるわなくなる。見つかってしまったら効きめはなくなるからね」

「……魔法、ですか？」

リアンカはにっと笑った。

「いいえ、これはただのお呪《まじな》い、よ」

そして呪文を教えてくれた。

ただの呪い、と言うわりにはリアンカの口調は確信に満ちていた。オルシアは半信半疑で父の寝床から髪の毛を取ってきて布にはさんで縛り、板がはずれそうになっている戸口の床下に押しこんだ。

オルシアはその後、絨毯織り、タペストリー織り、レース作りを次々に学んでいった。自分にむいているのはどうやら絨毯織り、二人か三人の仲間とともに図柄どおりにこしらえていく作業に喜びがあると気づいたのは一年後のことだった。

あれから父は飲んだくれてひっくりかえる毎日をつづけてはいたが、母にもオルシアにも手をあげることはなくなった。母の頬に血色が戻り、家の中も少しずつ片づき、縁の欠けた水瓶や椀の代わりに、陶器の食器や鉄のナイフ、新しい水瓶が置かれるようになったのは、少しずつ給金ももらえるようになったからだった。

そうして四年がたった。オルシアの絨毯織りの手業《てわざ》は熟練の職工たちにひけをとらなくなっていた。夜の仕事をすることも多くなったので、狭い一部屋を市中に借りて、家には一月《ひとつき》に一度帰るか帰らないかの日々がつづいた。母は笑うようになって落ち着いていたし、家の横に小さな畑を耕して、カブや人参や青菜を作り、鶏さえ数羽、地面をつついていた。父は父で飲ませてさえおけばおとなしかった。母が傷つくことさえないのであれば、オルシアはそれで満足だった。

ある秋の日、一日休みをもらったオルシアは、夜なべして織った冬用の上掛けをみやげに、家への坂道を登っていった。うねうねとつづく道の両側には、すっかり収穫を終えて葉を落としたリンゴの木や梨の木が、灰色の空にねじくれた無骨な幹をさらしていた。

二月《ふたつき》ぶりに家の前に立ったオルシアは、目ざとく異常に気がついた。鶏がいない。秋の畑には雑草がはびこっている。カヤツリグサが北風に揺れる様は、さながら死者の霊が漂っているかのようだ。葦葺きの屋根はところどころ崩れたままだし、玄関口にも野菜くずの干からびたのが投げだされたままだった。

もしや母が病気でもしているのではないか、とみやげを放り投げて家の中に駆けこんだ。中はむっと暑かった。炉には惜しげもなく薪がくべられ、昼だというのに蠟燭《ろうそく》が十本もともされ、卓の上には焼いた豚肉の塊と葡萄酒の杯が四つ五つ転がっている。すえた臭いが充満していた。父は顔をこちらにむけて卓上につっぷしていたが、半眼をひらくと、

「オルシアか。いいところに来た」

とだみ声で言った。その頭の後方、奥まった寝床で母がぱっと飛び起き、むきだしの胸にぼろぼろの上掛けを巻きつけた。その隣にむっくりと見知らぬ若い男が起きあがった。細長い顔の二十五、六歳の男の方に頭をかしげながら父が言った。

「おまえに婿《むこ》を見つけてやったぞ、オルシア。ペンタット、こいつが娘のオルシアだ。オルシア、ペンタットは大工だ、職工のおまえとはちょうどつりあうだろうが」

ペンタットは酔ってこそいなかったが、三重目蓋《まぶた》の目は黄色く濁《にご》っていた。半裸のまま、にやにやといやらしい笑いを浮かべて猫なで声で近づいてくる。

オルシアは喉をひきつらせて一歩下がった。二呼吸のあいだは事態をのみこめなかったが、次第にわかってきた。認めたくないことだが、認めざるをえないことが起きていた。父はどこかでこの男を見つけてきた。たぶん、酒か金を工面してもらったのだろう。そのかわり、と取引を持ちかけたのにちがいない。家には女房がいるし、娘もたまに帰ってくる。なんなら婿になるか。だから酒を一杯おごってくれ……。

ペンタットが前に立ちはだかった。手をのばしてきて、髪をなで、頬を指の背でさすった。肌が粟《あわ》だった。この男と、父がしたこと。母と家とに。ペンタットは唇をなめながら顔を近づけてきた。かさついて艶《つや》のない、放蕩をしつくした顔には赤いニキビが浮いている。とりとめもないことをささやきながら、彼は両手でオルシアの頭をはさみ、ヒルのような舌をのばして頬をなめようとした。彼女は逃れようともがいたが、やさ男でも男の力は女の比ではないのだと思い知らされた。生温かい感触が頬を這い、次いで口元に近づいてきた。

嫌悪と怒りの稲妻がすさまじい速さで爪先から頭頂へと抜けた。すり寄せられてきた下腹部の感触が引き金になり、彼女は相手の顔に思いっきり爪をたてた。ペンタットは唸りながらもかまわずその唇を寄せてくる。視界が真っ赤になった。オルシアは拳骨《げんこつ》でその顎をおしあげると同時に、渾身《こんしん》の力をこめて片膝を突きあげた。

膝頭にみぞおちのやわらかさを感じた。ペンタットはくぐもった呻きをあげて彼女から手をはなした。身体を二つに折って床に膝をついた。

オルシアは母を呼んだ。母は呆然として寝床にすわりこんだままだった。父がのっそりと立ちあがった。母とオルシアのあいだに位置を占めて、なんてことをするんだ、と指を突きつけてきた。そのとき、片方の足首をペンタットの指が握りしめた。

オルシアはとっさにあいている方の足でその手を踏みつけた。ペンタットは悲鳴をあげて身体を反転させた。オルシアは即断した。ここに残っていたらとんでもないことになる。

身をひるがえして敷居を飛びこえ、前庭を横切って坂道を駆け下った。父の怒声が追いかけてくる。捕まったら連れ戻される。狼に追われる小鹿さながら、オルシアは北風の吹きつける道を、枯れ葉とともに駆け抜けていった。南の三辻で右に曲がる頃には、もう父は追ってはこないとわかった。それでも恐怖の黒い影がすぐ後ろに迫っているようで、なおも野面を走りつづけ、市中の大通りに飛びこみ、昼どきの買い物でごったがえす市場をとおりぬけ、小路から小路へと渡ってリアンカの工房に走りこんだ。

みんなが休みをもらっていたので工房はがらんとしていた。オルシアはおかみさん、とリアンカを呼びながら通路をつっきっていった。リアンカは厨房でパンを切っていた。オルシアはその姿を見るや否や、助けてください、と叫んでいた。

リアンカは彼女を椅子にすわらせた。さし出された水を一気に飲んだ。そのあとに涙が次から次へとあふれてきた。手の中に薄めた葡萄酒の杯を押しこまれ、それも飲んだ。わななく身体をリアンカが毛布でくるんでくれる。それからパンの切れ端をもらったが、食べる気はしなかった。リアンカは何も言わず毛布の上から抱きしめてくれた。

しばらくしてやっと落ち着いてから、問われるまでもなくあったことを語った。すべて語り終えた頃には、短い秋の日が暮れようとしていた。リアンカは炉に薪を足した。リンゴの木の甘い匂いが漂った。

リアンカは再び隣に来て抱きしめなおしてから、それで、と口をひらいた。

「あなたは母さんを取り戻したいのね」

涙を片手でぬぐいながらオルシアはうなずいた。するとその手をリアンカがつかんだ。

「爪のあいだに何かはさまってる。そのペンなんとかの頰をひっかいたんですって？ ……ずいぶん強烈にやったわね。きっと痕が残るでしょうよ」

「……いい気味だ」

そう言いつつも、オルシアはまたぶるっと身体を震わせた。

「リアンカ様、あの男……それと父……わたし……、許せない……」

「お父さんのしたことはひどいことだわね……。女を所有物だと勘違いしているのよ」

「リアンカ様、いつか……ずっと前、お呪《まじな》いをくださったでしょ？ わたし、あの男をなんとかしたい。父のこともどうにかしたい……」

震えがどうしても止まらない。思いだすだけでも身体中に鳥肌が立つ。母はどんな思いをしたのだろうと考えると、吐き気もしてくる。

「お呪いで仕返ししたいの？」

「ううん、ただ、わたしたちの前からいなくなってほしい……思いだすのも、嫌……」

「ちょっとした仕返しならできるけど……」

「お呪いじゃ、できないんですか？ いなくなるようにすることは、できないんですか？わたし、もう、たくさん。さんざん振りまわされてきて、これから先もずっとそうだと思うと、もう耐えられない。あんなこと……あんなことまで……母さんに……」

胸のあたりが勝手にひきつり、呼吸ができなくなって息が詰まる。リアンカの手が背中にまわってさすってくれる。しばらくそうしていたが、やがてリアンカが、

「お呪いではそうしたことはできないけれど……でも、そのできないことをやってくれる人もいるわ……」

とつぶやいた。オルシアはきっと顔をあげた。

「その人に頼んでください」

「でも、その人に頼めば、それはお呪いではなく魔法になるのよ。いいの？　魔法でも」

イスリル支配への抵抗運動から発展した叛乱がこの国をつくった。その後、揺りかえしが来て〈ゼッスの改革〉により、イスリル文化も復活を果たしたが、魔法に関するものはいまだ禁忌である。

「魔法でもなんでも！　あの男と父を……どっかにやってしまえるんなら！　そして二度とわたしたちの前にあらわれないなら！」

するとリアンカはぼろ布を膝にしいた上で、オルシアの手を取り、爪のあいだにはさまっているものを楊枝でとった。作業をしながら彼女はぽつりぽつりと語った。

「あなたと同じように苦しんでいる女たちがいる。人と人とのあいだのことで、どうしようもなくなった女たち。窮状を訴えたくとも声をあげることすらできない、この世のひずみを一身

に背負ってしまった人たちがね。その中には王家の姫君や名家の女たちもいる。その人たちを、なんとかして救いたいと、魔法に手を染めた人々がいるの。あなたは秘密が守れる？　このフェデレントで魔法を使う女は、魔女として弾劾されるでしょう。だからその存在を隠しておかなければならないの。決して人にしゃべらないと誓うことができるのなら、彼女たちに頼んでみることもできるわ」

オルシアはしばらく絶句した。めまいにも似た思考が額の後ろでぐるぐると渦巻いた。憎しみ、無力感、軽蔑、諦め、恐怖、悔しさの混沌とした渦巻きは次第に収束していき、その中心から生まれてきたのは、抵抗せよというささやき、蓮《はす》のように泥の上に顔を出せという励まし、負けてしおれてなるものかという不撓《ふとう》の意志だった。

「お願いします」

と彼女は決然として言った。もう、父に沈められるのはたくさんだった。男たちに翻弄《ほんろう》されるのはこれで終わりにしたかった。

リアンカはそっと立ちあがった。しばらくここで待っているようにと言いおいて姿を消した。

2　アルアンテス

「まずはその若い男を追い払いましょう」

とカリナは平静な声で言った。するとリアンカが布包みを彼女に渡した。

「オルシアがその男をひっかいて爪のあいだにはさまったものです」

カリナはひらいてみようともせず、うなずいた。

「でも、ただ追い払うだけでは気がすまないわね、オルシアの話を聞いてしまうと。あちこちでたぶん同じようなことをしてきたんだと思うわ。もう二度とそんなことができないようにしたいと思わない？」

リアンカは大きくうなずいた。オルシアはただ目をみはっている。

小間物屋の二階だった。布地や裁縫道具も扱うので、女たちがさかんに出入りしても怪しまれない。窓からは市場の喧騒や荷車の音が入ってくる。湿地からの風が濡れた布のように肌に吸いつく。

オルシアは秘密を守ることを魔法にかけて誓った。魔法にかけて誓うということは、もしも誓いを破ったら魔法による制裁が科されるということだと、あらかじめカリナが説明したが、オルシアはひるまなかった。この少女には見どころがある、とカリナは目深にかぶった頭巾を少しあげながら思った。気性は激しいようだ。だが、決断力があり、腹はすわっている。

「わたしたちの使う魔法は、アルアンテスと呼ばれている。イスリル語で〈古き力〉という意味よ。わたしたちには百人ほどの仲間がいる。リアンカのように魔法は使わないけれど、困っていて魔法を必要とする人たちをカシナヤに引き合わせる仕事をする人たちが。カスクと呼んでいる。それからカシナヤが三人。わたしもそのうちの一人。カシナヤは実際に魔法の手ほどきをし、助力をする。あとは全体を見渡すカサンと呼ばれる一人がいる。さらにその上に、最高責任者アルタがいるの。カサンもアルタもカシナヤよりずっと強力な魔法を操ることができる。めったなことでは使わないけれどね。なぜなら魔法は禁忌、わたしたちはなるべく正体を隠して行動するべきだから。全員をまとめてアルタ、と呼ぶ。わたしたちは魔女《アルタ》と呼ばれる存在、もしも知られたら告発されて命も危ないことになる。秘密を守ることの重要性は、あなたにもわかってもらえたと思うわ。もし、どこかから秘密が漏れたら、わたしたちだけではなく、あなたも危険にさらされる。いいわね」

と念を押した。今言ったことには少し本当でないことがまじっている。真実をすべて話すことで、オルシアのような少女をも危険に巻きこむことをよしとしない。魔法の責は、自分たちが負うだけでいい。

　リアンカから手渡された布包みをひらいた。三角に切った小さな麻布に中身を落とし、一回り小さい三角になるように折り畳んだ。それから黒い綿糸で三つの角をめぐらせて中央で蝶結びに縛った。卓上炉に火をかきたて、表裏をあぶる。

「男の名は？」

「ペンタット……ペンタットと言っていました」

「では、わたしのあとにつづけて呪文を唱えて」

古代イスリル語である。コンスル帝国の属州として七百年、その後四百年以上イスリル領となっていたこのフェデレントだが、古代イスリル語を読み書きし、話せる者は皆無だろう。それでも、単語としてなら、良家の子女のみの入学を許すフェデレント公立学校で教えている。呪文はそれらの単語を組み合わせた短いものだが、教育を受けたことのないオルシアにはおどろおどろしい魔女の言葉として聞こえたにちがいない。あいだに男の名をはさんで三十回反復する。三十回が終わると、誰も手を触れていないのに蝶結びがするりと解けた。

ぎょっとしたオルシアが思わず手をはなした。カリナは包みをひらき、中身を火にくべた。オルシアの父への魔法はまた別だった。上等の仔牛皮紙《ヴェラム》の切れ端に彼の名を書き、オルシアの息を吹きかけ、ナイフで細かく裂いた。きっかり九十三枚にすると、一枚につき一つの言葉をつぶやきながら一枚ずつオルシアに焼かせた。

すべてが終わったとき、少女はぐったりと疲れた様子で肩を落とした。

「消耗するでしょう。魔法を使う、特に善意のない魔法を使うのは、自分の良心を体力と一緒に削っていく行為なの。人を呪うことはそんなに簡単なことじゃないわ」

三日後に家に帰って事のなりゆきを確かめるように、と指示してオルシアとリアンカを帰した。

次に小部屋に入ってきたのは四十前の大柄な女だった。結婚して二十年、年老いて病気がちの義父母の面倒を見ながら働くお針子で、子どもが五人もいる。上の二人はなんとか稼ぎを持ってこられるほどに成長したが、食べたい盛りの十四歳を頭に残り三人、彼らを養うだけでも一苦労だ。だが、一番の悩みは子どもではなくやはり夫のことである。夫は腕のいい宝石細工師だが、最近では家を顧みることなく、外に女を囲っている。彼の稼ぎはすべてその女のところに流れ、一家は彼女のもたらす縫い賃で食いつないでいる。これまで三度、そのことで夫につめよったが、最初の二度は十日間帰ってこず、三回めのあとは一月《ひとつき》顔を見ていない。死ぬほど疲れきり、死にたいと思うが、残される家族のことを考えると死ぬこともできない、とさめざめと泣いているのを、援助者《カスク》の一員がここへ連れてきた。彼女の窮状はもう何年も前からで、町内の者全員が知っている。助けてやってください、と。

組織を立ちあげたとき、実際に魔法を使う上の五人で枠を決めた。扱うのは人々の苦痛や苦難を少しでも軽くできるものに限る。欲望を満たしたり利己的な望みには応じない。依頼者に嘘はないか、組織に対する悪意はないか、カスクたちがしっかりと調査を行い、だまされたり利用されたりするのを極力防ぐようにする。

秘密を守る誓いをたてさせるのも、破れば魔法による制裁が発動するようにしたのも、組織を守るためだ。なんとなれば、上の五人も運命の鞭《むち》にさんざん打たれてきた者ばかりだから。お針子が涙を流しながらあらましを訴えるあいだ、カリナは辛抱強く耳を傾けていた。すっかり吐き出した頃合いを見計らって尋ねる。

「それであなたはどうしたいの？」

「どう、とは……？」

今までこれほど思いのたけをしゃべったことはなかったのにちがいない。とにかく吐き出す、それ以上のことは何も考えていないようだった。

「旦那さんに帰ってきてほしいの？　お金がほしいの？　それとも浮気を封じたいの？　あるいはその全部？」

漆黒の霧のただ中にいる者には、光が射すことなど信じられなくなってしまうのだ。お針子もそうだった。ぽかんと口をあけてカリナを見かえす。その口が暗黒の穴のように見えて、カリナはひそかに溜息をついた。じっと待つこと十数呼吸、女の口が少しずつ閉じていき、涙目に力の灯がともり、おろおろと定まらなかった視点が動かなくなっていく。やがて口角が引き締まって、

「その……全部です」

「つまり、旦那さんには一家の主として務めをきちんと果たしてほしいのね」

「それと……相手の女に……で、できれば、罰を……」

お針子の片目にちかりとまたたいたのは、希望がちらついたとたん、その光を逃してなるものかという、めぐまれることのなかった者の貪欲さだろうか。カリナはこうした女たちの心の動きを経験で知っている。一つを与えると十を欲し、一片を渡せばすべてを要求し、骨の髄までしゃぶっても満足しなくなるのだ。明日の暮らしに希望がなければ、そうなるのも仕方のないことではないか？　同情が生まれたが、やがては闇へと反転するその欲望をやはり許すわけにはいかない。

「罰は与えられない。それは、アルタに許されていることではない。それはイーラス神のなさること。でも、今まで彼女に流れていたお金を取り戻すことはできるかもしれない。それでよいのなら」

お針子は肩を落としてうつむいていた。再び十数呼吸の間があった。下の通りを葦刈りの荷車が雷のような音をたてて走っていく。冷たい風が吹いてくる。秋の陽はつるべ落とし、すぐに暗くなるだろう。

ようやく彼女は頭を持ちあげ、渋々それでいいです、と同意した。

彼女は夫の外套《セオル》を持ってきていた。ポケットには浮気相手と二人で使っていたと思える木の櫛が入っていた。

カリナはその櫛を使うことにした。

羊革を卓上にしいてその上に櫛を置く。革の四隅に茶色に色づけした蜜蠟をともす。お針子に人差し指を櫛にむけさせて、呪文を唱えさせる。呪文は三十三回ごとに中断し、その合間に一本ずつ蠟燭の蠟を櫛に垂らしていく。百回唱えたあとに最後の一本の蠟を垂らし、一息で四つの火を消すように指示した。女は胸を大きくふくらませて四本を消した。

次にセオルを広げる。ポケットに櫛を入れてから尋ねた。

「何か……刃物を持っている？　鋏《はさみ》とかナイフとか」

お針子はあちこちをさぐって、小さな糸切り鋏を取りだした。カワセミの姿を模したそれはすっかり黒ずんでいた。

「主人が結婚前に自分で作ってくれたのです。銀、だとか……」

カリナは頭巾の奥で微笑んだ。

「彼の愛がこもったものをあなたの愛とともに大事にしてきたのね。何よりだわ」

広げたセオルの背骨にあたる直線上を、その糸切り鋏の背中で軽く叩いていく。下から順に呪文を唱えながら襟元まで二十回。それを終えるとカリナは鋏を返し、セオルをていねいに畳んだ。正方形に作ってそっとお針子に渡した。

「一両日中に旦那さんが家に戻るようにこちらで魔法をかけておきます。彼は帰ってきてもすぐまた出かけようとするでしょう。そのときに、このセオルを手渡しなさい。それからあなたも彼と一緒に行くと言うのです。親も子も捨てて、と。たぶん彼はそれで怒りだすでしょうけれど、すべてを捨てていく、と言い張りなさい。きっと旦那さんは逃げだします。あなたはあとは待つだけです。彼は三日のうちに戻ってきますよ」

「ほ……本当に……?」

「本当に。でも、いいですか、決して間違わないように。セオルはあなたが広げてはなりません。必ず旦那さんが自分で広げて自分で着るようにしなければなりません。そのあとで、すべてをなげうってでもついていく、と必ず言うこと。これが呪文になります。その言葉で彼は目をひらかされ、自分のなすべきことや歩くべき道に気づくでしょう」

お針子はセオルをそっと胸にかきいだいた。それからおそるおそる、あの、お代は、と聞く。

「誓いを守ること、それが代価ですよ」

来たときには絶望に囚われて歩くのもやっとの様子だったお針子は、しっかりした足取りで出ていった。

カリナが今日手がけたのは二件だけだったが、気力をふるって行う魔法はひどく疲れるものだ。静かな溜息をつき、頭巾を脱いで窓辺に寄った。

五年前には、こんな日が来ようとは思ってもいなかった。嫁ぎ先の家では、夫の女遊びと舅《しゅうと》の支配に悩んだ。カリナは舅の許可がなければ家の外に出ることもままならず、許しを得なければ、一銭も使わせてもらえなかった。家中が舅の剣先のような視線に常にさらされていた。夫はめったに帰ってこなかった。帰ってくればそのたびに舅と大喧嘩をし、また飛びだしていく。姑はやさしい人だったが、十九の若い嫁にとってそれはほんの少しの慰めでしかなかった。

それでもカリナは耐えていたし、舅に尽くしもした。ところが、尽くせば尽くすほどに、舅は嵩《かさ》にかかってくる。カリナは善意で尽くせば、いずれ善意で報いられると信じていたが、そうはならない人間もいるのだと、愕然として悟った。善意をさし出せばさし出すほど、相手はこちら側に侵蝕してくる。良心をさし出して、頭から食われていくような感覚をカリナは味わった。

ある早朝のこと、菜園に香草を取りに行き、通り道にかかっている蜘蛛の巣を払った。勝手口で香草を洗い、朝食の支度をしているうちに、舅の食事の皿に蜘蛛の糸の一筋がかかったのを見た。糸の先には蜘蛛の獲物の小さな虫がくっついていた。普通であれば、とりのぞいただろう。だが、カリナの中でなにか小さく黒いものがうごめいた。それは口をあけて牙をむき、咆哮《ほうこう》を発した。誰にも聞こえることのない、ごくごく短い叫びだったが、カリナはその瞬間、粉々に砕け散る玻璃《はり》のきらめきを目蓋の裏で感じた。蜘蛛の糸と蜘蛛の獲物は、皿の野菜の中にまぎれたままになった。それから何度か、舅の皿にはごみや小石や食べると腹を下す草などがまじった。

誰にも気づかれなかった。誰にもとめられなかった。カリナのすることは、次第に大きくなっていった。今考えると、あの頃は、頭がおかしくなっていた。狂う一歩手前まで来ていたにちがいない。

冬の夜、カリナは暖炉の薪を一本手にして、舅の部屋の前に立っているところを、たまたま帰宅した夫に見つけられた。カリナは扉に火をつけようとしていた。頬のすぐそばで音をたてて燃えている炎の音と、炎に照らされた夫の、人外のものを見る目つきを覚えている。

それからは、実家を巻きこんでの離婚騒ぎとなった。驚いたことに、舅は彼女を手放そうとはしなかった。それがために、長いあいだ決着がつかなかった。カリナは実家に逃げるようにして戻った。戻ってからも舅は毎日のように押しかけてきた。とうとう父が婚家に見きりをつけて、金輪際縁を切る、と怒鳴り、カリナはようやく娘時代の平穏を再び取り戻すことができたのである。以来、カリナは結婚は二度としないと心に決めた。魔力を手に入れ、カシナヤになったのはその騒動のさなかのことだ。

夕陽はすでにコクス山の陰に落ち、茜《あかね》色に染まった空がしたたるようだった。市場は店じまいをはじめたざわめきに満ち、土埃が舞いあがっている。最後の荷車が葦を山盛りにしてゆっくりと通りすぎていく。

カリナは突然窓から身を引いた。窓枠に半身を隠すようにして呼吸を整え、記憶をさぐった。今、目にした、あの男、昼頃にもあそこにたたずんでいなかったか？　頭巾をかぶりなおし、むこうからは見えないように斜めになってもう一度見おろす。確かだ。むかいの果物屋の庇《ひさし》の下で、黒っぽいセオルに身を包んだ中肉中背の男、これといって特徴のない、そこにたたずめばまるでいないも同然に影にまぎれてしまう。じっと観察すれば、十呼吸に一度は小間物屋の店先を見つめ、それからカリナのいる窓をちらりと見あげ、再び不動の体勢に戻るのだ。かけてもいい、彼のセオルの裏側には、市の治安を守る役目をになったノベラト家かサオダ家の紋章が縫いつけられているだろう。

どうしてここがわかったか？　いや、わたしをつけてきたのか？　それともリアンカ？　お針子を連れてきたカスクの一人？

小間物屋から最後の客が出ていったが、彼は身動き一つしない。暮れなずんでいく街路の端で、店を見、窓を見あげ、影となる。

では、彼の目当てはわたしなのだろうか？　わたしと知って待っている？　それとも、カスクたちを追ってここまで来て、誰かが出ていくのを待っている？

いずれ、秘密は漏れだすだろうと、ロタヤと話し合った。なるべくその日の来るのが遅くなるようにと手を尽くしてきた。女たちは誓いを破ったつもりはなくても、断片をぽろりとしゃべることがあるだろう。それはカゲロウさながらに空中をさまよい、やがてそこここでひそかな噂という卵を産むのだ。噂は間もなく王家とつながりのある誰かの耳に入る。

だが、ここでまだ見張りをしているということは、とカリナは必死に頭をめぐらせた。確実なものを得ていないということだ。そうでなければとっくの昔に兵士たちが踏みこんでくるはずだ。

こうした場合のことも打ちあわせてあった。カリナは表から堂々と出ていく。尾行者のことなど少しも気がついていないふうを装って、市の中心部、わずかばかり丘になっているイスリル時代の城跡の崩れた門をくぐる。現在の王宮の北端に位置するその場所から秘密の地下道にもぐりこめば、尾行者の目には、人目をはばかって裏口から出入りする、王族にかかわっている人間と映ることだろう。

カリナは計画を心のうちで確かめると、胸を張って下におりていった。小間物屋の若旦那やおかみさんと挨拶を交わす。若旦那もおかみさんも何もご存じない。カリナが二階で刺繍《ししゅう》を教えているものだとばかり思っている。ときどきやってくる女たちは、その生徒だと信じて疑わない。正体は明かしていない。偽名を使い、住まいも架空のものを教えている。真実を知っている者は極力少ない方がいい。

尾行者は挨拶を聞いていたはずだ。それで、小間物屋は無関係だと感じるだろう。事がもし、明るみに出ても、若旦那たちは厳しい詮議はまぬがれるかもしれない。

カリナはすっかり暗くなった空を見あげてから、一歩を踏みだした。夜に出歩くことはほとんどなかったが、仕方がない。今宵は魔女の道行きである。

3　ロタヤ

春に植えつけたマンネンロウとラベンダーのまだ小さい株を、冷たく湿った風から守ろうと、盛り土の作業をしていると、後方で土を踏みしめる音がした。腰をのばしてまだらに色づいた雲が切れ切れに走っていくのを眺める。木枠を土中に埋めてそれ以上繁茂しないようにした薄《はっ》荷《か》の囲いの中で、茶褐色と黄色にくすんだ葉が、間もなく冬がやってくることを告げている。それでも、とロタヤは思うのだ。それでも、枯れたかに見える薄荷は翌春には色濃く鮮やかな緑を立ちあげ、赤茶色の頑丈な根をあたりいっぱいにはりめぐらせて復活する。

「何もあなたがこんな仕事をしなくてもいいでしょうに」

近づいてくる足音とともに、張りのある男の声が言った。ロタヤはシャベルを足元に突きさしてからふりむいた。

王の次男にして二番めの王位継承権をもつサークルク王子は、この冬四十歳になるが、五つは若く見える。清潔感あふれるこの貴公子は、形のいい長い眉の下に、力強い漆黒の目をもっている。フェデルの民の波うつ髪を肩の上で切りそろえ、大きい唇は時折諧謔《かいぎゃく》に歪むのだ。

「何をしにいらしたの」

とロタヤの口からは遠慮のない言葉が出る。昔、彼とは結婚話があった。ロタヤの実家も名家の一つでしかも上位に位置している。双方の家にとって大変よい縁談だと誰しも思ったが、王子はロタヤにマウリスのもとに嫁ぐようにと命じた。そのとおりにしてロタヤはどれだけ苦労したことか。

マウリスのマンダ家は葦刈りの事業を独占している。湿地に生えるカヤ葦は、家々の屋根を葺くのに使われる。編んで石床に敷いたり、夏場の日除けにしたり、ざるや籠などの日用品になったり、最も寒気の厳しいおりには家畜の非常食になったりもする。刈りとられて荷車に積まれた葦の山は、建築業や葦編みの工房や北の牧場などに卸される。

これをすべて取り仕切っていたのは御年七十になるマウリスの母で、まるっきりマウリスを子ども扱いにして事業にかかわらせようとしなかった。マウリスは鬱屈《うっくつ》した日々をコンスル時代の骨董収集に費やし——骨董品を教えたのはほかでもない、友人面したこのサークルク王子である——収入の大半をつぎこんでいた。持てる財産と同じほどの借財をしていることに気がついたのは、嫁してしばらくしてからのことである。

さらに、ロタヤは家の中のこまごまとした仕事を任されていたが、やがて義母も未婚の義姉も夫のマウリスも、彼女を便利に使える無給の使用人程度にしか認識していないことがだんだんわかってきた。夜になるとマウリスは彼女をコンスル時代の石像をあがめるようにあがめたが、それ以外のときはまったくの無関心だった。義姉は彼女の部屋に無断で入り、平気で彼女の持ち物を持ち出し、服や装飾品は自分のものとして身につけた。義母は絶対服従を無言のうちに強いて、少しでも意に逆らえば烈火のごとくに怒り狂った。

そのような家に嫁すように求めた当のご本人を、ロタヤが恨まぬはずはない。十年前のロタヤは無垢なる世間知らずの乙女で、世の中は人の善意でなっており、運命は常にやさしく暖かい陽射しを注いでくれるものだと信じきっていたのだ。サークルク王子がそんな彼女をマンダ家に嫁がせたのは、彼女に骨董品と同じ役割を期待したからだった。コンスル風の面だちでマウリスを夢中にさせておけば、マンダ家はやがて崩壊の危機を迎えるだろう。そのとき王家が助けの手をさしのべれば、莫大な利益を生む葦刈り事業にも参入できる。合法的に、堂々と。

王子のもくろみに気がついたのは、嫁して五年後、魔法の力を手に入れてからのことだった。その後ロタヤは義母と義姉を退け、夫マウリスを事業主にして家を立て直した。コンスル狂いは相変わらずだったが、事業に取り組みはじめてからマウリスの顔つきが引き締まり、散財もかなり少なくなった。王子は素知らぬ顔で相変わらず友人として訪れるが、マウリスへの影響力はロタヤの方に軍配があがったことを悟っている。もくろみがはずれて内心舌打ちをしているにちがいない。ロタヤがただの良家のお嬢様から一家の主婦へと変身したことで、おのれの見こみちがいに歯噛みしているはずだった。

五年前に王子と二人きりになったある日、ロタヤは正面から彼の計略をあばいた。王子はロタヤの変貌に驚いたが、同時におもしろがった。以来、二人のあいだには遠慮のない会話が交わされるようになった。親しげな表面の下では、丁々発止とわたりあっているのだが、二人ともそれを楽しむようになっていた。王子は、隙があればマンダ家をのっとるとほのめかし、ロタヤは受けて立ちますと牙をむく。

その日も、何しにきた、とけんもほろろの応対に、王子はにやりとした。

「夫なら商談に出かけましてよ」

「途中で会いましたよ。今日はあなたと話がしたくて来たのです」

突風にあおられた烏《からす》が、わめきながら東の方へと飛んでいく。ロタヤは目にかかった髪を片手で払った。

「なんですの？」

「まずはゾーイからの伝言。冬用の手袋を編んでほしいので、意匠を決めにきてほしいとのこと」

ロタヤは嘲笑《ちょうしょう》を唇の端に浮かべた。

「来てほしい？　ゾーイはそんなこと、言わないでしょう。命令でしょう、本当は」

「まあね」

と王子はきまり悪そうに肩をすくめた。

「手袋の意匠を決めるから来なさい、本当はそう言ってましたね」

「相変わらず高飛車な女。あなたに利用されたことも業腹《ごうはら》だけど、あの女があなたに嫁いで大きな顔をするのはもっと腹が立つ」

ゾーイはロタヤ、カリナ、今は亡きセラアと同い年で、同じ学校の同じ教室で六年間同じことを習った。家政学から経営学、機織りや裁縫や編み物まで、良家の子女として身につけておかなければならない学問、しきたり、作法、手業をともに学んだ。ゾーイは何をさせても上手で、成績も抜群だったが、唯一にして最大の欠点、自信過剰で高慢であからさまに得意がることで嫌われていた。それゆえ、親友などおらず、常に一人だった。

一度、下級貴族に嫁いだがうまくいかず、白く輝く張りのある肌を半分にしぼませて実家に帰ってきた。その後、ずっと独身を通していた第二王子のもとに嫁して、今では王妃や第一王子妃をもしのぐ勢いで、王宮に君臨している。

しかしそのゾーイも、ロタヤの編み手としての才能には一目おき、時折こうして「命令」を届けてくるのだ。

「夫を前にして、あの女、とはね。あなたを小さいときから知っているが、そんな乱暴な口のきき方をするようになるとは、嘆かわしい」

「あら、淑女のふるまいもきちんとできましてよ、殿下、どうぞご心配なく。……それで？　もう一つのお話とは？　ごらんのようにわたくし、忙しいんですの。これを早くしておかないと霜がおりてしまいますわ。ゾーイ様のもとには午後にでも参上仕《つかまつ》ります」

サークルク王子は苦笑した。

「では、お忙しいところ申しわけないので、手短に。……ご婦人方のあいだで危ない遊びをしている人がいると耳にしてはいませんか?」

「危ない遊び? なんですの、はっきりおっしゃってください」

「はっきり、ね……」

誰もいないとわかっている中庭の真ん中で、サークルク王子はまるで香草の灌木に目と耳があるかのようにきょろきょろした。どこにも人の気配はないと確かめてから、

「ええ……なんだかね、下々の方では特に、ちらほらとした噂でしかないのだが……」

となんとも歯切れが悪い。嫌な予感がして、ロタヤは胃のあたりが少しばかり縮む感覚を覚えたが、何食わぬ顔で彼をふり仰いだ。すると王子は身を寄せてきてささやいた。

「魔法、の噂が……」

「あら……まあ……」

「驚かないところをみると何か聞いていますね」

「驚いていましてよ」

ようやく気がついたのね。五年間秘密が守られたことのほうが、わたしにはむしろ驚きなんだけど、とロタヤは思いながら、じっとこちらの表情をうかがう様子の王子に、白を切るのは逆効果だと即断した。

「でも、魔法、というのかしら……」

サークルク王子の長い眉が片方だけ優雅にもちあがった。ロタヤが自身の胸に片手を入れたからである。取りだしたその手には、小さな布包みがあった。彼女はそれを相手に渡した。

「……これは……？」

「小間使いにもらったんですの。身につけていると災厄から守ってもらえると言われて」

「ひらいてみても？」

「どうぞ」

中にはなんの変哲もない青ブナの葉が一枚、入っているだけだった。その葉を取って表裏ためつすがめつしている王子に弁明した。

「ただのお呪いだとばかり……、でも、魔法と言われればそうかもしれませんけど……やっぱりだめなのかしら？　罰せられます？」

「いや……これは……」

王子は畳み直した布包みを返してよこした。ロタヤはそれを手のひらに載せたまま、彼の裁断を待った。

「……こういうのが流行っているのですか？」

「そうらしいですわ。娘たちのあいだでは、意中の人を手に入れるものとか、お金持ちになれるものの方が売れるらしいですけれどね」

「う……売れる？　売っていると？」

「イーラス神殿前で売っていると聞きましたわ。ああ、でも、持っているのが罪になるのであれば捨ててしまいましょう」

「神官が、これで金もうけをしているのはいただけない。……で？　効きめはあるのですか？」

ロタヤは微笑んだ。とっさにたてた作戦が効を奏した。

「わかりません。災厄にあってはいないので」

サークルク王子はゆっくりと踵をまわしてあたりを見まわし、落ち着きを取り戻した。動揺したことなどないような表情に戻って、

「まあ、これは魔法とはいえないでしょう。持っていてかまわんですよ。だが、神殿の方は放ってはおけないな。……その他に、それらしい噂とか話とかはありませんか？」

「さあ……たとえばどのようなことですか？」

胸元にお守りを戻しながら逆に聞き返した。サークルクの視線が手元を追ってくる。

「そう……たとえば、吝嗇家《りんしょく》で通っていた一家の主がある日を境に人が変わったようになって、まわりに施《ほどこ》しをはじめた、とか、……暴力をふるっていた男が羊のようにおとなしくなった、とか……隣近所の庭にごみを捨ててまわっていた老婆がごみ拾いをはじめた、とか……」

ロタヤは笑い声をあげた。

「なんですの、それ。いい話ばかりじゃありませんか。それのどこが魔法、なんですの？」

「それらはすべて魔法にかけられた人らしいと。市中のどこかに望みどおりの魔法をかけてく

れる女性たちがいるらしい、と」

「女魔道師？」

「魔道師とまでは。まあ、魔女、とでも呼びますか。昨日、集会所らしいところを発見しましてね。その魔女を尾行した者の報告では、王宮内に消えたようだと」

「あらあら。それは大変」

「ゾーイに聞いても、彼女はそういうことは一切信じないので。そこであなたに頼みたいことなのだが」

「王宮にお邪魔したときに気をつけて観察すること、ですわね？」

「気がついたことがあればなんでもいい、わたしに教えてほしいのです。市中の女たちの様子にも気を配っていてください」

「見返りに、何をくださいます？」

「なんでも。見あったものであれば」

ロタヤは表情を引き締めた。

「それなら、しばらくのあいだ、マウリスに近づかないでいただけるかしら。宴会にも誘わない、骨董品も紹介しない、彼の病気をあおるようなことは一切合切しないでいただける？」

サークルク王子は両手のひらをあげた。わかった、約束する、と誓い、もう一度念を押して頼んでから去っていった。

ロタヤはすぐに背をむけて、盛り土を再開したが、自然に笑みがこぼれてくる。王子はずっと彼女をいいようにしてきたし、今もまだそうだと思いこんでいる。当の昔にその手のひらからこぼれ落ちてしまったことに気づいていない。それどころか、今度は、彼女が彼を操る番だ。

早々にその日の午後、王宮を訪れた。昔の砦《とりで》跡に建つ木材と石と漆喰《しっくい》の白い壁でできた王宮は、一人前に城壁と城郭《じょうかく》をもってはいたが、裏側はいまだきちんと修復されておらず、半世紀ほど前の内乱の爪跡が残っている。ロタヤは正門脇のくぐり戸から中に入った。出入り商人並みの扱いだが、そう命じるようにゾーイに指示したのは彼女である。

勝手口の狭い路地から洗濯物の干してある小さな広場を横切り、戸口で昼寝している黒猫のネヴの上をまたいで階段を登ると、ゾーイの私室がすぐ右手にあらわれる。

侍女が心得てつづき部屋の小さい方に案内した。それはゾーイが大部屋を仕切って作らせた。織り機、刺繍台、絨毯織り、紡ぎ車などがしつらえてあり、卓が一つ、長櫃《ながびつ》が二つ、椅子が三つあってそのどれもに、布地や糸束や毛糸、羊毛、裁縫道具が山と積まれている。卓上には手袋の編み図が広げてある。大きな明かり取りの窓が東にむいているだけで、人の隠れる隙もなく、誰も入ってこない。

大きな声でロタヤへの当てつけ――遅い、しかも突然押しかけて、お茶なんかいらないから――を吐き散らしながら大股で入ってきたゾーイは、侍女たちの鼻先でぴしゃりと戸を閉めた。ふっくらとした色白の、小柄な彼女は昔は内側から輝くようだった。最初の婚家先でなめた辛《しん》酸《さん》が、はちきれんばかりだった自信の光と若さを彼女から奪い、昔より一回り小さく見せている。とはいえ、最悪の時をすごして立ち直ったその茶色の瞳には、再び力がみなぎりはじめている。

「何もかまわなくていいから！　自分の仕事をしなさい！」

と戸のむこうに怒鳴ると、これがはじめてのことではないので、侍女たちは心得て去っていった。

「王家の水はあなたに本当によく合ったようね」

ロタヤは皮肉でもなんでもなく言った。するとゾーイは、それまで怒らせていた眉と肩をやわらげて、大きな笑みを浮かべた。

「あなたのおかげだわ、ロタヤ。もう、おもしろくておもしろくて」

なんでも上手にこなす高慢なゾーイは、最初の夫とはりあったらしい。互いに相手を自分の支配下におこうと命令しあい、毎日がすさまじい口喧嘩だったという。さしものゾーイもそれが二年もつづけば、心身ともに消耗して、自分で手首を切るところまでいった。離婚した一年後に、彼女がサークルク王子に嫁すように仕組んだのはロタヤである。王宮の水はゾーイに再び潤いをもたらした。有能で仕切り屋のゾーイは、王子の妻ということでその増上慢も大目に見てもらえる。――昔よりは少しは丸くなったようだが。

「あまりやりすぎないようにね、ゾーイ」

るらしい。

とロタヤは釘を刺すことも忘れない。この頃では王妃や義姉にあたる王子妃まで叱りつけてい

「大丈夫よ、目的があればやりすぎることはないわ」

それからすぐに、二人で隅の長櫃を動かした。ロタヤが床板の隙間に紙切りナイフを差しこんで持ちあげた。人一人分通れるだけの穴があいた。中はほの明るい。くくりつけてある紐を引くと、縄ばしごがほどけて垂れ下がった。二人は前後してはしごをおりる。頭上で床板を閉じれば、紐でつながっている長櫃が半分ほど戻る仕組みだ。

二人はだいぶ下までおりた。はしごのところどころに夜光草を挿してあるので、手元足元はなんとか見える。目の前の壁は木と漆喰に石がまじるようになり、やがて完全に石組だけとなった。地面にようやくおりたって仰ぐと、入り口は全く見えなくなった。四階相当の距離をおりたのだ。もしここが見つかって、縄ばしごが発見されたとしても、ゾーイに疑いがかかることはない。誰も、貴婦人がこのような冒険をするとは思わないだろうから。

地面は、イスリル時代の砦の基部に位置している。イスリルを追い払って新しい王宮を建てたとき、以前からあった地下道にこうした通路をつなげて戦《いくさ》に備えたのだろう。だが、子孫に代々伝えられるはずだった秘密は、内乱によって闇にまぎれてしまった。建国から百年以上たてば、当時を知る者はいなくなり、秘密はひそかな伝説としてわずかな人々の記憶のどこかに押しこめられ、黴《かび》が生え、苔《こけ》におおわれてしまう。

二人は、夜光草を目印にして狭い通路を早足で進む。石壁から滲《し》みだした水が、何度か靴を濡らし、出っ張っている石組に額を打ちつけそうになり、さわった壁になめくじの背中を感じたりしながら。

しばらくすると、一段と狭まった場所に行き当たった。頭から出て、肩を斜めにしてなんとかすりぬければ、そこは一馬身四方の小さな穴部屋である。中央に丸い井戸がある。そのそばに、カンテラの灯りがともり、カリナが待っていた。

三人は昔からあった古い小さな椅子に腰をおろした。カリナの足元に移されたカンテラが、反対側の壁に三人の影と井戸の縁の影を黒々と映しだした。

「昨日、拠点に気づかれたわ。たぶんサオダ家の密偵じゃないかしら。尾行されたので、ここの北でまいたけれど、地下道に気づかれるのもそろそろかも」

とカリナが切り出した。サオダ家とノベラト家は、王家以外で兵士を擁することを許されている、建国時より戦功の誉れ高い家柄だ。

「サークルク王子も勘づいたようよ。魔女をさがすようにと、わたしに頼んできたわ」

それを聞いてカリナとゾーイは忍び笑いを漏らした。

「今までよく気づかれなかったと思うわ」

「おかげでこちらは準備万端」

「夫は先月、治安長官に就任したの。サオダ家とノベラト家を統率する者が必要、との王のおおせで」

この両家は昔から競争相手で、確執《かくしつ》がある。二家の武力をうまく機能させるためには王家のくびきを必要とする、と前々から提案されていたことだった。ロタヤは溜息をついた。

「一月《ひとつき》でわたしたちに気づくなんて、さすがにサークルク王子ね」

「ゾーイ、関心喪失のお呪いを彼の枕の下に置いたらどう？　作り方、教えてあげるわよ。呪文も」

「よしてよ、カリナ。最初に言ったとおり、わたくしは魔法には関わりませんからね」

「想像しちゃうわ。頭の下でごろごろするものを取りだしたら、魔法の布包み。彼、どんな顔するかしら」

三人はまた忍び笑いを漏らし、それから迫ってきた危機にどう対処するか相談した。以前からこういうことを予想していたので、対処方法はまもなく決定した。

一区切りついた沈黙のあとで、カリナがぽつりとつぶやいた。

「セラアが亡くなってからまる五年ね……」

ロタヤもカンテラの灯りを見つめながらうなずいた。

「二度とセラアみたいな人を出してはいけない……」

セラアは三人と同い年、特にカリナとロタヤとは仲がよかった。カリナが笑う。

「最初はすごく不器用だったのよ、あの子」

「織物させても編み物させても、蜘蛛の巣みたいな穴だらけになるのよね、あの子が作ったものは……。先生もお手上げだった」

「それが、ある日を境にいきなり布織りが上手になって。あれは一体どうしたわけだったのかしら？」

「あの子の頭の中でこんがらがっていた糸玉が突然ほぐれたらしいわ。本人がそう言ってた。すべてに光が射して、どれがどうつながっているか、突然見えるようになったって。そういうことってあるのよね。あれに比べればわたしたちの魔法なんて、なんとちゃちなこと」

「でも、それこそがあの子を死に追いやったのかも」

「……そうね。布織りの腕がなければ、あの子も生きながらえていたかもしれない」

セラアはその腕を見こまれて職工の家に嫁いだが、自分より腕のいい妻を認めたくなかった夫に殴られる毎日だった。五年前の初冬、訪ねていってもセラアに会えない日がつづき、異変を察したロタヤとカリナが、反物《たんもの》倉庫の地下に閉じこめられていることをやっと使用人から聞きだし、セラアの実兄が救いだして実家に連れ帰ったが、数日後に息を引きとったのだった。

「あの子、愚痴《ぐち》はこぼさなかったから……わたしたちと違って……」

「唇を切ったり、目の縁が痣《あざ》になったりしていたのに……」

「転んだっていうのを鵜《う》呑みにしていたわね、わたしたち……」

「そうね、でも」

とゾーイがなぐさめるように言った。

「あの頃は、あなたたちも同じように大変な時期だったから、仕方がなかったのよ。カリナだって、離婚するかどうかの瀬戸際だったんでしょ。ロタヤはロタヤでひどい扱いに苦しんでいたんだし」

「ちょうどセラアを見送って帰ってきたその晩だったのよ、あのことは」

友の死にうちのめされて帰ってきたロタヤを、食事中の義母が呼び止めた。ちょっと、ちょっとここへ来て、と言うので、彼女の自尊心を満足させるためだけにまたいつものつまらない用事をさせられるのかと、うんざりしながら近よった。ロタヤに言うことをきかせることで、義母は自分を女王だと感じるようだった。言い訳をして逃げようものなら、三日間は怒り狂って、離縁させるとわめき散らす。そして何かと辛くあたるので、言うことをきいていた方があとあと楽だった。

しかしその夜、義母が爪先で示したものを拾えと言われてさすがに愕然とした。それは、義母が口からこぼした肉片で、嚙み切った跡も生々しく蠟燭《ろうそく》の光にぎらついていた。夫のマウリスも義姉も同席していたが、二人とも素知らぬ顔で食事をつづけているのだった。ロタヤは這いつくばって肉片を素手で拾った。目の前に靴の爪先が上下して床を打っていた。ロタヤは立ちあがり、肉片を厨房に捨てにいった。背後で義母がなにやら叫んでいた。雑巾《ぞうきん》でここをふけとか、そんなことだろう。料理人や小間使いが息をひそめて立ちすくんでいるあいだを通って、ロタヤは裏口から外へ出た。それからその足でカリナの家へ行き、自分たちの境遇に涙した。

「落ち着いてから、二人で話し合ったわ」

「泣くのはいい。けれど、いつまでも泣いていてもどうしようもないって」

「このまま生きていくのは嫌。でもセラアと同じように死ぬのはなんとしても悔しいじゃないって」

「一晩中話し合って、ロタヤが、湿地の占い婆のことを思いだしたのよ。どれほど我慢してもなんともならないことなら、人生の知恵者に聞くのがいいんじゃないかって。それで、暁《あかつき》の前に舟で行ったのよ。ロタヤは湿地の知識は持っていたけれど、なかなか見つからなくてね。月もなくて、そりゃ大変だったわ。気味悪いし、心細いし。それでもなんとか占い婆の小屋を見つけてね。夜明け前だというのに灯りがともっていて、婆はわたしたちを待っていた。そこで事情を話そうとしたら、自分は占い婆だから何もできないって、話す前に全部わかったようなことを言うのよ」

「未来が見えるのに、何もできないなんて変だって、カリナがつめよってね」

とロタヤは笑った。カリナはうなずいて、

「あなたはできなくても、できる人もいるはずだから紹介してって言ったのよ」

「人は紹介できないけれど、法にふれてもいいのなら、イスリルの時代の魔法の井戸があるってようやく教えてくれた」

「フェデル市にはイスリルの砦跡が五つあって、その地下に必ず暗黒の力みなぎる井戸がある、その井戸から力を汲めば、魔法が使えるようになる、と」

「翌朝早くに、教えられた場所に行ったわ。それが王宮の北側の地下道だった。ようやくここをさがしあてたのが昼近かったかしら。暗黒を汲むってどういうことかと思ったけれど」

小さなつるべがあったのだ。それをおろしてみると水音がした。汲んだ水は夜光草の光の輪の中で漆黒に波うった。と思うや、親指ほどの大きさの石の結晶に変化した。それはつるべの上に浮きあがり、茶色の煙水晶となってくるくると回った。

「ロタヤったら、なんのためらいもなくさわるんですもの。意外と大胆なのよね」

「呼ばれた気がしたのよ。さわったとたん、どうしたらいいかわかったから、怖くはなかったし」

彼女はそれを思ったままに、喉の下、胸のすぐ上に押しあてた。煙水晶の一片は胸の中に溶けてなくなった。それでも石を受けいれた瞬間、彼女の目蓋の奥で闇の目がひらいた。

魔道師たちの来し方が、タペストリーの図柄のように目の前に広がった。何百年ものあいだ、フェデレントを支配していた魔道師たちの黒い影が、砦にうごめいていた。仲間が死ぬと、彼らは地下に掘った井戸にその骸《むくろ》を投げこんだ。黒い袖がひるがえって壁にその影が跋扈《ばっこ》する。年月が重なっていくあいだに、井戸の底の魔道師たちの黒い骨も重なっていったであろう。骨は湿って崩れていき、やがて大地の底の底に還っていっただろう。だが、彼らの魔法の源《みなもと》となっていたものは滞って黒い霧となり、再び誰かの力となるために井戸の底で待っていた。

そして、イスリル本国内の内乱で、砦の魔道師たちは本国に召還された。わずかな者だけが残ったその機に乗じて、フェデルの民の叛乱が起こり、彼らを滅ぼした……。

ロタヤは身体のうちに溶けこんだ煙水晶の、声なき声を聞き分けることができた。以来、何をどうすればどんな魔法が生じるのか、自然にわかるようになった。

それは、うちのめされた者だけが受けとることができるものだった。しかし、彼女を本格的な魔法を使う魔道師とするには、いまひとつ、別の力が必要だった。――イスリル皇帝の力が。それは無理というものだったが、魔法は使える。魔道師には及ばないし、道具もいるが。

日常的に使うもの――服の切れ端や羊皮紙や紐や針や蠟燭や糸や皿――と、魔法にかける相手あるいは自分の身体の一部――髪の毛、爪、皮膚、血液など――と、場合によってはその他のもの――塩とか、骨粉とか、木の根とか――を組み合わせればいい。それに、自然に頭に浮かんでくる呪文を自然にひらめいた回数だけ唱える。

人を呪えば自分も傷つく。傷つけば闇が増えていく。それでも、力をもたない女たちのために、これをやる価値はあると信じているし、覚悟もある。

「それに、あなただってすぐにまねをしたじゃない」

カリナも怖気づくことなく、煙水晶をとりこんだ。その後、同じようにして魔法を使えるようになった女が二人生まれた。カシナヤの誕生である。

「魔女の組織をつくる、と聞いたときには、あなたたち頭がおかしくなったのかと思ったわ。自分たちのことを魔女だなんて。それに、秘密組織。前代未聞よ」

とゾーイはいまだに呆れている。

「でもその動機には大いに賛同する。世の中、理不尽なことばかりですもの」

夫との争いと離婚でぼろぼろになっていたゾーイに声をかけたのはロタヤだった。カリナは反対したが、ゾーイの人を支配する能力はわたしたちの欠点を補うはず、と主張して仲間に引き入れた。計画の一部に、サークルク王子との婚姻があったことがゾーイを惹きつけた。かつて少女の頃、王家の一員になる、と豪語した、その夢を叶えるいい機会でもあったのだ。

一度試練を経験し、試練を乗り越えた女は強い。こうしてアルタの組織はできあがっていったのだ。頂点にはゾーイを置いた。その下にロタヤが監督者《カサン》としてたち、その下に三人の魔女《カシナヤ》、三人の魔女はそれぞれ三十三人の援助者《カスク》たちを擁する組織とあいなった。ゾーイ、カリナ、ロタヤは互いに互いを補完しあう。

魔法を毛嫌いして魔力を持たないゾーイが最高責任者《アルタ》の位置にいるのにはわけがある。正体が明らかになりそうな危険が迫ったとき、敵をあざむく囮《おとり》としてゾーイはいるのだ。真のアルタ、ロタヤから人々の目をそらすために。そのために、常々二人はいがみあい、憎みあっているように見せている。

そう、たとえば、サークルク王子のように敏腕な追跡者が何かをかぎつけたとしよう。その先にあるのは、地下道と王宮である。もし、追跡者が迷路状の地下道から正しい道を発見し、王宮内に出入口を突きとめ、推理と観察力を働かせたとする。すると、その先に浮かびあがってくる一人の女の姿は、ゾーイに焦点化していく。

事が明らかになったとき、時間が稼げればいいのだった。ゾーイに疑いがかけられているあいだに、ロタヤとカシナヤたちは逃亡することができる。魔法を持たないゾーイの潔白が確実になる頃には、ロタヤもカリナも他の二人のカシナヤも、すべてを捨てて姿を消していることだろう。そう、いざとなったら魔女たちには、それだけの覚悟がある。

それでもいいと、三人ともに思っている。身のうちに闇こそとりこまなかったゾーイだが、そうした意味では彼女もまた、魔女である。

「ねえ、もう一度聞かせて」

とゾーイが立ちあがりながら言った。

「また？　これで何度め？」

「いいの。そういうのは何度聞いても気持ちがいいの。頑張ろうと思えるようになるのよ。さあ、話して。魔女になって最初にかけた魔法は？」

子どものように胸の前で両手を組んで待っているので、ロタヤは苦笑して、仕方なく、何度もくりかえした答えを口にした。

「はいはい。わたしが魔女になって最初に魔法をかけたのは、わたし自身でした」

「なんの魔法をかけたの？」

「自己主張がきちんとできるように。義母の剣幕に怖気づかないように」

ゾーイとカリナは顔を見合わせてまた笑いあう。まったく、どこまでも内側に入っていくのよね、ロタヤって。あなたらしいわ、とこれまでと同じ科白《せりふ》を口にする。

しかしそれが正解だったのだ。

魔女となって世界が違って見えた。吐く息に銀の輝きを見た。足元のぬかるみに映る三日月には虹がかかっていた。夕闇の紗幕《しやまく》に紫色の慰めの霧がかかっていることにはじめて気がついた。

堂々と帰ってきたロタヤを、義母たちは一昼夜行方知れずになっていた不埒《ふらち》な嫁、と断罪しようとてぐすねひいて待っていた。ロタヤは何か言われる前に逆に指を突きつけていた。自分のものとは思えないような低く、しかしはっきりした声で、

「今まで我慢に我慢を重ねてきましたが、昨夜の仕打ちで忍耐も尽きました。この家をこれ以上傾けたくないのなら、お義母様、事業から手を引いてください。仕事はすべてマウリスにお譲りください。そして、ご自分の食べこぼしを拾わせる専門の召使いを雇ってください。わたしは二度とあなたの足元に這いつくばったりはいたしません。

それからお義姉様。今後一切わたしの部屋に入ることをしないでください。わたしのものはわたしのもの、勝手に持っていかないように。

マウリス、そろそろ一家の長として働き、この家を差配するべきお年でしょう。しっかりなさってくださいな」

義母は思ってもいなかった逆襲に数呼吸のあいだ呆然とし、それから口をぱくつかせ、最後に真っ赤になっていつものように怒りを爆発させようとした。その瞬間をとらえて、ロタヤはかぶせるように言った。

「離婚するしないは、あなたの権限ではなく、マウリスとわたしの問題です。マウリスが諾と言えば、わたしは喜んで実家に帰ります。帰ったら、あなたが今までわたしにしたことをあらいざらい両親と兄に話します。大勢の使用人も呼んで、その前でね。ああ、わめかないでくださいな。恥だとは思いません。わたしは良心に恥じてはいませんから。もちろん両家の評判はがた落ちになりますね。でもそれで、より大きな打撃を受けるのはマンダ家の方でしょう。山ほどの借財の取立てが厳しくなりますわね。まあ、このままいってもいずれは破産するでしょうから、どうということはないかも。まずはお部屋に戻ってゆっくりお考えになってください。家を救うには、マウリスに一人前の働きをしてもらうことしかないと思いますけど」

当のマウリスはどうしたらいいかわからないようにそこへつっ立ったままだった。

「あなた、マウリス、借金をすべて返してこの家を元通りの繁栄に導くには、あなた自身がしっかりしなくては。このままでは一年もしないうちにあなたは一文なしでしてよ。あなたがそのつもりであれば、わたしがいくらでもお手伝いします。いかがなさいます？　離婚してくださいます？　それともわたしを一生の連れあいとして迎えてくださいます？」

マウリスはああ、うう、と口の中で言ったあと、曖昧《あいまい》にうなずいたようだった。

二十年仕えてきた家令が、一同の前で今後は若夫婦お二人が事業を運営してくださるようにと宣言したことにより、形勢は逆転した。マンダ家にはそう大勢の使用人がいたわけではなかったので、またたく間に若奥様の「叛乱」は屋敷中の知るところとなった。彼らの変わり身は驚くほど速かった。小間使い二人、料理女、洗濯女、豚飼いに庭師、彼らすべてが家令の裁定に従ったのである。

「そしてそのあと、二番めの魔法として自分の部屋に結界を作ったわ。誰もわたしの許しなしに入れないように」

カリナは手を叩いた。

「あとは、マウリスが真面目に事業に取り組むように」

「大奥様がたの反撃はなかったのよね」

ロタヤは大きく息を吸った。

「世間に知られたら、と思ったらしいわ。ゾーイの三倍は高い自尊心をもっているから」

フェデルの民の選民思想を植えつけられて育った義母の年代は、自分が最高に偉い人間だという認識を覆《くつがえ》すことができないのだろう。その方向から考えると、かわいそうな気もする。

だが、とロタヤは思い直すのだ。

自分を変えるのは自分自身、自分の闇を認めなければ変えることもできない。誰も手伝ってはくれない。

三人はもと来た道ではなく、別の地下道を行った。二股に分かれているとある地点で、ゾーイと別れた。ゾーイの侍女たちは、いつの間に王子妃が図書室に行ったのかと首をかしげるだろうが、彼女はよく単独行動をするので、いぶかしんだりはしないだろう。

その先でさらに二股の道があり、ロタヤとカリナはそこで別れた。カリナはくねくね曲がり、枝分かれするが一本を除いてどれも行き止まりになる通路をあやまたずに、厨房と厩《うまや》と洗濯場に囲まれた狭い中庭の井戸のそばから這いだして、何食わぬ顔で下働き用の門から家に帰ることになっている。

ロタヤは古い塔——今は武具置き場に使われている——のそばの、羊毛倉庫に姿をあらわした。山と積まれた羊毛を押しわけてあがってくると、元通りに床板をはめ、羊毛の山を戻し、そばにあった大きな籠に手袋作りに必要な五色の塊を放りこみ、髪と服をなでつけると、そこにいたのが当然のような顔で、堂々と出ていった。

遠くで犬番が犬たちを呼び集め、運動に連れていこうとしていたが、こちらを見もしなかった。翳《かげ》ってきた秋の夕暮れの冷たい風に、セオルを巻きつけながら、ロタヤは正門から家に帰った。

4　アルタ

翌々日、細かい点で確認し忘れたことがあるので伺候せよ、とのゾーイの高飛車な使いに応じて、ロタヤは再び王宮へとむかった。街の中はなんとなくざわついていた。今にも雨か霙《みぞれ》の降ってきそうな暗く重い空の下で、市場の露店の数も少なく、出てきている人々は顔をよせあってひそひそ話をしている。

あたりをはばかる様子に耳をそばだてると、

「――魔女の護符を――昔の砦――見つけた」

「王宮の裏――出入口――秘密の――」

「地下道が――魔法――どうやら見つけたらしい……」

と聞こえた。

ロタヤは足を速めた。正門脇のくぐり戸をくぐってゾーイの私室に行くと、二人の衛兵を従えたサークルク王子がゾーイと小声で言い争っていた。

「今日はどこもかしこも、誰も彼も、ひそひそ話をすると決められた日なのね」

とロタヤが敷居の手前で声をかけると、王子は珍しく険しい顔をして彼女を一瞥《いちべつ》した。彼の動きにつられて二人の衛兵もむきを変え、その拍子に、がちゃり、と武具の鳴る音が響いた。

「ロタヤ。入って」

ロタヤは厳しい目つきで彼女を追ってくる男たちのあいだをゆっくりと、ゾーイのそばまで進んだ。ゾーイは意味ありげな視線を送ってよこして、

「王宮の裏手の端の方で、地下道が見つかったんですって」

ロタヤは驚くふりなどしない。あら、まあ、と軽くつぶやき、

「イスリルの砦があったんだもの、考えられることね。でも、何？　それがそんなに大事？」

としらばっくれた。

「魔女の通り道になっていた」

とサークルクが右手に持っていた布包みを左手にぱしんと打ちつけた。それは何、護符みたいな、と尋ねると、

「護符だよ、正真正銘の。何に使われるのかわからんが、地下道のあちこちに隠してあった。どうやら城内に、魔女の一人か二人がひそんでいるらしい」

「ひそんでいる……？」

思わずあたりを見まわすふりをする。

「ああ、いや、裏の顔を隠して下働きか侍女になりすましているのだろうと思うのだよ。ゾーイはそんな者は絶対にいないと譲らないが、誰が魔女でもおかしくはない。それらしい者の一

覧を作ってくれるように頼んだのだが、彼女は嫌だという」

「魔法なんて、あるはずがありません。魔女なんていません。考えるだに寒気がする」

身体を震わせて叫ぶように言う。ゾーイも芝居が上手だ。概して女は男より嘘をつくのがうまい。天の月が決して裏側を見せないように、女たちも闇を胸の内にしまっておくことができるのだ。

サークルク王子は吐息をついて肩を落とした。

「証拠がこれだけでは仕方がないか」

「あら、地下道がどこに通じているかわかったのでしょう？」

「見つけたことは見つけたが……厨房裏の庭に出たよ。あそこからでは誰しもが出入りできる。……そうだ、ロタヤ、これはあなたの使っていた呪いとどこか似てはいないだろうか。神殿で売っていたものと何かつながりはないかな」

ゾーイが身を引いた。

「まあ……嫌だ、気味が悪い」

「調べてくれ。同じものかどうか、それからできたら中身も……」

サークルクが手渡してくるのを、おそるおそるつまんでみせる。ゾーイが間髪を入れずに叫んだ。

「ですから！　魔法などないと申しているのに……！」

ロタヤはつまんだ布包みをゾーイにむける。ゾーイはきゃっと言って飛びのいた。

「見たところ、これはなんの変哲もない、麻の布と麻の紐みたいですわよ。小間物屋で売ってますわ。でも、わたくしの持っていた物とは違いますわね。材質も紐の掛け方も」

「気持ち悪いったら！　ロタヤ、出ていってちょうだい。当分出入りしないで！　手袋ができあがるまで来なくていいわ！」

とうとうゾーイが癇癪《かんしゃく》を起こし、二人はそろって部屋から追い出された。ロタヤは王子に、織物工房に、昔わたくしの侍女をしていた女性がいるから、尋ねてみましょうかと言った。

「織った人がわかるわけはないけれど、麻織りの工房の一覧表くらいは作ってもらえますから」

よろしく頼む、という王子を背中に、ロタヤは王宮を辞したが、内心ちろりと舌を出していた。これは街の北の方の露店で買った布切れと紐だった。出所などわかろうはずもない。これにかけられた魔法は誘導の魔法、他の隠された道を探索者の目からそらしてしまう魔法である。

リアンカの工房に顔を出すと、上得意の訪問のゆえに奥の小部屋に通され、茶菓子のもてなしを受けた。熱く香り高いお茶――薄荷とマンネンロウと生姜のお茶――と、カラン麦の生地を葦で分厚く囲って焼いた〈スオシィ〉という菓子は、口の中でほろほろと崩れるほの甘い絶品――をごちそうになりながら、サークルク王子の話をした。

「――だから、皆に油断しないように周知させて。どんな小さなほころびから破綻するかわからないから」

リアンカは必ず徹底する、と約束してから、オルシアのことですが、と話題を変えた。

十一歳のオルシアをリアンカに紹介したのはロタヤだった。リアンカは会えば必ず、彼女のことを教えてくれる。父親とペンタットという男に、カリナが魔法をかけたことを話した。また、その結末が今朝わかったという。

「ペンタットという男は三晩つづけて悪夢を見たらしいですよ。昨日の朝、とうとうこんな化け物屋敷にはいられないと言って飛びだしていったきりだとか」

ロタヤはくすりとした。

「たぶん、彼は二度と女の人を相手にできないでしょうね。しようとすると悪夢がよみがえる……カリナったら、意地の悪い……」

「あんな男には当然の報いです。それから、父親の方ですけれど、一昨日酒を買いに出た帰りに、誰かに果樹園に連れこまれてさんざん殴られたらしいですわ。怪我は大したことはなかったらしいんですけれどね。ただ、心の衝撃が大きかったらしくて、寝台に丸まってしきりに妻と娘に謝っているそうです。彼を殴ったのがどうやらとんでもない相手だったらしいと、オルシアは申しておりましたわ。今日は、休みをやりましたの。ご両親についてておあげなさいって」

にこにこと微笑むロタヤに、リアンカは切れ長の目を斜にむけて尋ねた。

「彼が誰に殴られたか、ご存じですの？」

「応報の魔法ね。自分を殴る自分自身を彼は見たのよ。……ああ、本当に、リアンカ、このスオシィ、おいしいわ。大好きよ、これ。おみやげにいただいていいかしら？」

黒《こく》蓮《れん》華《か》

Black Lotus

1

神々のおわす天上の楽園には、純白の蓮《はす》の花が咲くという。燦々《さんさん》たる陽の光を浴びて、あるいは満月のくちづけを感じて。

それならば、わたしのこの胸いっぱいに黒き花弁を広げ、漆黒の闇に咲くこれは、奈落に落ちる者の刻印か。

この花の種がこぼれ落ちたのは、わたしが十一歳のときだ。あのときのことは忘れようがない。あのときのことゆえに、今のわたしがある。あのときのことゆえに、ずっと生きてきた。身をひそめ、糊口《ここう》をしのぎ、技を磨き、工夫を凝らし。ひそやかに、ひそやかに。そう、黒き蓮が暗黒の泥にじわじわと根を張り、はりめぐらせるように。

わたしはプアダンの魔道師である。

裏の世界では顔のない魔道師として名が通るようになった。注意深く正体を隠してきたためである。死体を扱う魔法をものすると聞いて、貴き方々は直接会うことを嫌がったし、わたしもどんなに銀貨を積まれても、彼らの居住区《インスル》に足を運ぶことは決してしなかった。そして仲介者のもとにはわたしから訪れた。

仲介者は、夜更けに自分の枕元に立つわたしの影を見る。あるいは町の小路の扉の陰から声をかけられる。もしも好奇心で、または依頼主からの絶対命令で、わたしの顔をなんとか見ようとした者は、見た直後に必ず死の顔をもおがむはめに陥るのだった。彼らの骸《むくろ》の眉間には蓮の種が置かれていることから、人々はわたしを〈蓮の魔道師〉と呼ぶようにもなった。

わたしは闇にのみ跋扈《ばっこ》するわけではない。昼日中は普通の人間として道も歩くし、市場で魚も買うし、共同浴場にも入るし、居酒屋で一杯、ということも日常の生活になっている。奴隷ではないが貴族でもない。ここペイルスの民でもないが、コンスル人でもない。そして、このメラサント州の州都ペイルスにおいて、コンスル帝国本土から入植してきた雑多な民族のおりなす雑踏の中では、滅び去ったガライルの民の一人など、目立ちもせず、誰にも気づかれない。

この世に生まれて四十七年たつ。十一歳で魔道師になった。見かけはゆっくりと年をとったようだ。中肉中背の、二十代中頃の若者に見えるだろう。農夫のようにも兵士のようにも商家の番頭のようにも見える。書記といえば書記で通るし、剣士といえば剣士で通る。他の魔道師たちのように、表看板で暮らしてはいない。ひそやかに、ひそやかに、インスルの貸間一室に結界を張って暮らす。それゆえ周囲の人々は、そこに一人の青年が住んでいることはなんとなくわかっているが、姿形を人に話そうとしても思い浮かべることができない。名前さえ覚えていないだろう。

そんな暮らしで人恋しくないか?――全然。人とはかかわっている。それなりに。

人を愛したことはないのか?――愛した者はすべて死んだ。愛のなんたるかをわたしに説くな。愛は知っている。必要ないだけだ。

それでは満ち足りてはいないだろう?――それは普通の人のことで、わたしには当てはまらない。わたしは満ち足りる。そう、暗殺の依頼が来て、コンスル人を殺したときに、充足する。わたしの顔を見てしまったがゆえに死んだ者たちとは異なり、彼らにわたしの痕跡は一切残さない。彼らはある日突然、胸を押さえて昏倒《こんとう》したり、自ら川に身を投げたり、寝台の中でいつのまにか息を引きとっていたりする。大抵は衆目にさらされて。もちろん、わたしは常にその場にいる。彼らの死を見なければ、殺した意味がないではないか。その死のあと、わたしの前には、手で押しわけられたように闇の大気がかきわけられて光が射す。わたしは目を閉じて両手を広げ、大きく息を吸ってその光を身体の中に入れる。すると、しばらくのあいだ、黒き蓮は花を閉じて眠りにつき、光が消えて再び闇が満ちるまでつぼみとなってじっと待つのだ。

ありがたいことに、メラサント州ペイルスは〈北の大陸〉の中でも屈指の都市である。近郊に広大な石切り場があり、そこから産出される大理石にはコンスル本国で珍重される金の筋模様が入っている。州総督をはじめとする貴族や側近、及びその周辺の役人の懐《ふところ》は、多大な裏収入で潤う。それはコンスル人のみの特権である。そしていまだそのよき地位に就いていない者や、もっといい地位にのぼろうともくろむ者にとって、邪魔者を排除することは必然の命題だろう。そうでなくば、どうして半年に一度もの割合でわたしに暗殺依頼が来るものか。

わたしの魔法は、太古の昔から我がガライル族の血筋に受け継がれてきたものだ。

幼いとき、祖母がひそかに行っている現場をよく盗み見たものだ。祖母は食料にした獣の残骸を使っていた。兎《うさぎ》の耳や鳥類の羽根や頭、獲物が少ないときにはネズミの尻尾や烏《からす》の目玉など。それらを火にくべたり、煙でいぶしたり、土に埋めたりしながら、呪文ともいえないような呻《うめ》き声をあげていた。ガライル族の竪穴住居から這いだして、集落からしばらく森の中へ入った小さな崖の下で。そこには祖母やその前の先祖たちが積み上げて造った石の祭壇があり、暗黒の神々を呼び出しては供物を火や煙や土にささげるのだった。

日中、おとなたちが忙しく仕事をしているときに、祖母は村を抜けだしてそこへ行き、しばらくすると何食わぬ顔で戻ってきた。わたしは当時からものの影にまぎれることは得意だったので、憑《つ》かれたような表情の祖母のあとを追って、一部始終を目におさめるのには苦労しなかった。はじめのうちは怖いもの見たさ、秘密をもつことのぞくぞくする感じのためだった。

やがて、ちょっとした偶然に気づくときが来た。祖母が森へ行って一日か二日すると、必ず誰かが病気になったり怪我をしたりした。それは、タカネ草をせんじて飲めば治るような軽い風邪だったり、数日寝こめば回復する胃痛だったり、足の裏に刺《とげ》が刺さってしばらく歩けなくなったりといった他愛のないものばかりだった。そのうちの幾人かは、祖母や父の悪口を言った者だった。また、少しばかりおとなしくしていてくれれば、彼らの縄ばりの兎罠から獲物をちょろまかすのに都合がよかったりもした。

半信半疑だったが、そうしたことが偶然ではないと確信したのは、祖母が森の祭壇の火に、誰かの髪の毛をくべるのを目撃したあとだった。そのときは、いつもの呻きにしか聞こえない呪文の合間に、ブルドン、と隣の家の男の名が何度も出てきた。

当時、隣家のブルドンと我が家は、たった一個のカブのことでいさかいを起こしている最中だった。村は百数十戸あまり、周囲を空濠《からぼり》と木柵で防御し、自衛も畑作も共同で行われていた。狩りや漁の獲物はとった者のものとなったが、貴重な畑の作物は——何せ、ここペイルスよりずっと北の、冬は幾月も夜ばかりの土地なのだ——わかちあうという掟だった。

ブルドンがとったカブを我が家に分けなかったのか、我が家の父がブルドンに分けなかったのか、それはわからない。だが、カブ一個の恨みは大きなつけを払うこととなった。祖母が呪いをかけた翌日、ブルドンは蜜酒に酔っ払い、夜中に用足しに外へ出たきり帰ってこなかった。家族がさがしたところ、朝霧が晴れてからようやく発見した。空濠に転げ落ちて、気を失っていたらしい。逆茂木《さかもぎ》で横腹にかすり傷を負い、片足をくじいていた。天を指す逆茂木に串ざしにされなかっただけまだましだと、みんなは口々に言いあった。

のちのち、わたしはよくこの出来事を反芻《はんすう》したものだ。意図した魔法であれば絶妙だったといえる。それともたまただったのか。祖母は恨みや損得に関しては執着する女だった。恨みと損得が重なったのであれば、なおさらである。それゆえブルドンに与える仕返しとして祖母がもくろんだのは、足をくじかせる程度のものではなかったような気がしてならない。どちらが祖母らしいかといえば、彼を葬りさる呪いをかけた方がより祖母らしかった。だが、今となっては確かなことはわからない。

ともあれそのとき、わたしの記憶のどこかに、呪いで人を殺《あや》めることができるのだと刻まれたのだった。

十一歳で魔道師になったわたしは、森の中でたった一人で生き延びた。やがて獲物を求めて南へと下り、下りつつもおのれの魔法を試して歩いた。はじめは鳥、次に猫、犬、放牧中の牛や羊、それから行きずりの人間、そうして憎きコンスル人に。

ペイルスへ流れ着いた頃には、どうしても抑えきれない激情、衝動、死への渇望によって、コンスル人であればいきあたりばったりに、見境なく殺して歩いた。

やがてわたしの力に気づいた一人のならず者が、とある商人の依頼をもって近づいてきた。欲望を満たし、それが金になるというのであれば、何をためらうことがあろうか。わたしは商人の商売敵《がたき》とおぼしきコンスル人の父と息子を易々とほふった。手際のいい仕事とはいえなかった。何せ、わたしはまだ若かった。十三かそこらだったはずだ。痕跡も多く残し、そこで一気に魔法暗殺者の噂がささやかれるようになってしまった。

しかしわたしは、はじめて注目を集めて有頂天になっていた。同じような請負仕事を同じ仲介人を通して数件やりとげた。鼻高々で祝杯をあげていた宵の居酒屋に、衛兵が踏みこんできた。危うく捕まるところだった。が、彼らがさがしていたのは、仲介人と、腕のいい魔道師だった。まだ骨と皮ばかりの薄汚い小僧っ子は見逃された。わたしは闇と物陰に助けられてまんまと逃れ、人目を惹くこと、正体を明かすことの愚かさを身にしみて悟ったのだった。

仲介人がどうなったのかは、半年もたってから酔っ払った牢番がしゃべっているのを耳にした。名を明かされることを怖れた依頼人の誰かが、金とコネにものをいわせて毒殺したらしいという。わたしのことは栗色の髪の小柄な少年だと白状したそうだが、誰も本気にはしなかったらしい。もうその頃にはわたしは不細工ながら強力な結界を身のまわりに張っていたので、人の記憶に強く残ることはなくなっていた。

そう、そしてしばらくすると、おとなの背丈となり、髪の色も変化して栗色とはいえなくなった。わたしを特徴づけるものは何もなく、誰にも見とがめられることもない。

わたしは街中で食うために働くことを覚えた。もともと器用なたちで、短期雇用の仕事をなんでもした。食うためでもあったが、依頼が途切れるあいだの、暇潰しにもなり、さまざまな噂を耳に入れるのに都合が良かった。

わたしは売り子や荷運び人を務めた。大工仕事や庭仕事、皮なめし職人もやった。流れの傭兵にまじったこともあるし、奴隷商人に同行して帳簿つけを手伝ったこともある。コンスル文字は、なんと、イルモネス女神の神官の修行をしていたときに書けるようになった。ガライルの民の暗黒の神々に愛《め》でられたこの頭を、同じ冥府の神とはいえコンスル人の神の前で下げることさえ平気でやったのだ。

三十六年間はそのようにしてすぎてきた。わたしはあらゆる職種に詳しくなり、仲介者が次々と替わっていく中、ひそかにひそかに憎きコンスル人をほふってきたのだった。

今年の夏、わたしはまた一人のコンスル人を暗殺した。三十五、六歳の働き盛りの貴族で、副総督の部下だった。大理石運搬の責任者の一人だった。この役職は大理石売買の次に儲かると噂されていた。石を切り出す業者、運搬する業者、川船の業者、と利権が複雑に絡みあう。うちの石切り場からは上等の石しか出ませんぜ、うちの石引き人たちは決して石を傷つけませんがな、嵐に耐え、重みに耐えうる頑丈な船といったらうちの船ですよ。——上手に彼らに仕事を割りふることができれば、手数料と称する金貨銀貨が転がりこんでくる。そしてこの貴族は、なかなかに有能だった。

財をなせば、本国へ帰って元老院にもぐりこむことも可能だったろう。誰もがうらやみ、また半ばやっかんで前途洋々のこの男を見守っていたのだが——わたしがその将来をつぶした。

罪悪感？——そんなものは、コンスルの軍団が我が村を焼きはらったとき、一緒に焼失してしまった。

良心？——黒い蓮が花ひらいたとき、その前でもう一度その言葉を言ってみるがいい。塵となって霧散するのはどっちかな。

とにかく、この役人は、石引き人たちが引く石の下敷きになってしまった。どうしたことか、石の下のころが一本、はじけてあらぬ方に吹っ飛び、膂力《りょりょく》ある男たち七人が必死に踏ん張ったにもかかわらず、牡牛五頭分もある四角く切り出された大理石は、書記の隣に立って監督していたこの男を直撃したのだった。

書記は跳ね飛ばされたものの、頭にたんこぶを作っただけですんだ。わたしとしては、彼が巻き添えになっても少しも痛痒《つうよう》を感じたりはしなかっただろう。この書記もコンスル人だったから。しかし残念なことに書記は命びろいし、役人は牡牛五頭に踏みつぶされたような有様になった。大騒ぎになった現場を、わたしは川辺の堤の上から見おろし、両手を大きく広げた。光が闇を裂いて射してきて、わたしを満たした。

その男の死で短い夏が逃げるように去っていき、忙しい秋も長居は無用とばかりに旅立つ気配となった。雪の匂いのする北風が市《まち》の門口までやってきた頃、わたしはとうとう、あの男を目撃した。

市場は昨夜降った雨でぬかるんでいた。わたしはペイルスの民の着る革の胴着にズボンをはき、羊革の靴、膝丈の頭巾つき外套《セオル》という恰好で、肩から斜めにずた袋を下げて買い物をしていた。休みをもらった独り者の大工か石切り人といった風体で、香ばしいカラン麦のパンや酸っぱいリンゴ、こってりしたチーズ、香草の香りのする薫製肉、苦味のしっかりした葡萄《ぶどう》酒などを求めていた。

土産物屋の屋台の上に、大理石を削って磨いた杯があった。手の中にしっくりとおさまる感触のクリーム色の杯は、月光に照らされた白い蓮のようだった。それに黒い葡萄酒を入れて味わえば、さぞかしうまかろうと思われた。店主が提案した値段で買うこともできた。しかしそれでは、彼の記憶に残るかもしれない。それでわたしは、ちょっと気のいい大工を演じながら、値切り交渉に踏み切った。

押し問答をしていると、馬蹄《ばてい》の響きが近づいてきて、人々がざわめきはじめ、わたしも店主も交渉を中断して頭《こうべ》をめぐらせた。騎馬が二頭、女物の輿《こし》が二つ、おつきの女奴隷が一人、小さな行列だった。ペイルスでは珍しくもない。

「ああ、新しいお役人だね、ほら、この前、石の下敷きになった人の代わりの」

と店主が言うので、わたしも物見高い大工らしく首を突きだして、近づいてくる先頭の男の顔を一目見ようとした。

「港町のボルデからおいでなすったそうだよ。なんでも、衛兵隊長だったとか。もとは一兵卒で、たたきあげらしいね。たぶん、ここが最後の任地で、一財産築いたあとは楽々隠居暮らしと決めているのだろう」

店主の言葉はわたしの後頭部でしばし浮遊していた。そうか、あの気の毒な若い男の代わりが来たのか。この役職を得るために、さぞかし大枚をはたいたことだろう。

件《くだん》の新しい役人は二騎めの男だった。年は六十まではいかないだろう。陽に焼けて浅黒いなめし革のような皺《しわ》だらけの肌、いかにもコンスルの兵士らしい太い首と筋肉のついた腕、でっぷりとした胴まわりを、くるぶしまでの白い貫頭衣《トウニカ》とたっぷりした襞衣《ひだごろも》に包んでいる。まったく似合っていなかった。もうそのときにはこの男が何者であるか、わたしにはわかっていた。

手綱を握った男の小指には、琥珀《こはく》の指輪が冬の光に弱々しく輝いていた。

わたしはひゅっと息を吸いこんだ。一瞬、目が合った。しかし老兵士は露店の土産物を見るようにわたしを見て、前途に視線を移していった。

牡牛にトーガを着せたみたいだぞ、と心の中で彼に話しかけた。また会えたな。やっと会えた。まさか、再会できるとは思ってもいなかったよ。そうか、ボルデにいたのか。北に戻ってきてくれてうれしいよ。暗黒の神々はやっとおまえをよこしてくれた。やっとわたしの望みを耳に入れてくれたらしい。ようこそ、ペイルスへ。ようこそ、わたしの網の中へ。ようこそ、アブリウス！

上の空で店主に青銅貨を払い、杯をずた袋に突っこむと、わたしは人ごみにまぎれた。暇な連中にまじって行列を追いかけ、総督の居住する城砦の足元の西の一角にあるインスルに彼らが入っていくのを確かめた。

わたしは野次馬たちが飽きるのを待たずに後退し、そこを離れた。放射状の蜘蛛《くも》の巣のように造られている道を、西に流れるライヨ川まで下っていった。堤の上に立ち、川船が帆を調整して斜めに川をさかのぼっていく様を見つめていたが、意識は胸の中の黒き蓮に搦めとられていた。

ざわざわと花弁が騒ぎ、一片一片ゆっくりとひらいていく。漆黒の闇が腹の底から胸に満ちてきて、暗黒の歌を歌う。

よく来た、アブリウス、何十年ぶりだろう。よくぞ生き残っていたな。退任せず、よくぞ今まで勤めていてくれた。最後の一花を咲かせようと欲を出したのがおまえの運のつきだ。待っていろ。わたしが行くまで死ぬんじゃないぞ。

おまえをこの手で殺すことができるとは。暗黒の神々は今までのわたしの供物を喜んでくださっていたのだろう。哀れなコンスル人たち。わたしの手にかかった数多《あまた》の人々は、皆ひとえに、おまえがなしたことのために死んだのだ。

そばに行くぞ、アブリウス。おまえを事故に見せかけて殺したりはしない。おまえを突然死にいたらしめたりはしない。おまえのせいで死んだ数多の人々の償いをさせてやろう。苦しみ、嘆き、恐怖におののき、物陰におびえ、喪失感にうちのめされ、胸をかきむしるほどの思いをさせてから、じわじわと殺してやろう。

このような機会が訪れるとは！　暗黒の神々よ、感謝します。ことが成った暁《あかつき》には、我が身を供物としてさし出しても惜しくはない。アブリウス、アブリウス、すぐにそばに行くぞ。暗がりに身をひそめて、おまえが絶望する様を見届けよう。その嘆きを味わい、痛みをともに感じ、涙を両手で受けとめよう。

黒き蓮は頭をゆらゆらと揺らし、えもいわれぬ復讐の甘い香りをふりまいた。

わたしは来たるべきその日を思い描いて、恍惚《こうこつ》と微笑んだ。

2

コンスルの帝国兵が防塁を突破して襲ってきたとき、わたしは母たちと砦の櫓《やぐら》の下にいた。男たちの剣戟《けんげき》や怒号を聞きながら、他の女子どもと一緒に震えていた。どこかで火の手があがったのだろう、煙の臭いがしてきた。

どよめきと悲鳴に満ちた風が吹いてきて、わたしは横から前から押されて目をつぶった。見なければ火は消える。耳をふさげば戦いは終わる、そう念じながら。

わたしは十一歳だった。おとなにまじって戦うには幼すぎ、母のズボンにしがみつくには育ちすぎ、おのれをもどかしく思うことしかできない年頃だった。

火矢が風を切って飛んできて、次々に櫓に突きささった。たちまち炎は大きくなり、茅葺《かやぶ》き屋根や木っ端が燃え落ちてきた。人々は悲鳴をあげた。悲鳴が恐慌をひきおこし、櫓下から我先にと飛びだしていった。

わたしも母のあとについて走りだした。しかし母は突然立ち止まった。その腕の中で二歳の弟が暴れる。母は弟が地面に落ちて泣きだしても、呆然としたままだった。わたしとあと二人の弟妹は、母のそばで、炎火を噴きあげて黒煙を吐き出し、空を真っ黒に染めるガライルの村を、口をあけて眺めていた。

炎の際では男たちが果敢に戦っていたが、コンスル兵の圧倒的な数の前にみるみる倒れていった。剣を払い、槍をふるう兜頭のむこうからは無数の矢も降ってくる。

衝撃を感じて見あげると、母の腹にその矢が一本、刺さっていた。叫ぶ間もなく、わたしは頭を殴られた。いや、殴られたのではない、矢が首の肉を食いちぎって狼のように駆け去ったのだ、と気づいたときには、地面にうち倒されていた。母がわたしを呼ぶ声が聞こえた。きょうだいたちが母の腰にしがみついて泣き叫ぶのも聞こえた。母は腹に矢を埋めたままかがみこんで手をのばしてきた。その手がわたしの傷口をさぐりあてて、吹きだす血を押さえるのがわかった。自分の心臓の脈うつ音がとどろく。普段は聞こえないのに、おかしなことだった。

母がわたしの顔のすぐ上で呻いた。一瞬手が離れた。そしてまた戻ってきた。と思うや、母はわたしの上につっぷした。

母の肩と髪の毛のあいだから、こちらを見おろしている男の顔が見えた。コンスルの兜をかぶった髭面の男。太い黒い眉の下でぎらついている黒い目、鷲鼻、大きな唇と太い首。男は勝利の雄叫《おたけ》びとともに槍を引き抜いた。母の身体が痙攣《けいれん》するのを、わたしの胸が感じた。わたしは目をつむることも悲鳴をあげることもできず、引き抜かれた槍先から弧を描いて飛沫《ひまつ》に変じる血の軌跡をただ眺めていた。

弟妹たちの悲鳴、泣き声が炎の音を凌駕した。と、それにかぶさるような女たちの絶叫、槍が肉体を貫き、剣が引き裂く音がつづいた。さらには、兵士の雄叫びとともに、鈍い殴打の音もした。子どもの悲鳴が一つ、また一つと途切れていく。その兵士は、わたしのきょうだいを殴り殺し、殴り殺すたびに勝利の叫びをあげているのだった。

そのあいだにも、虫の息でありながら、母はわたしをかかえるようにしておおいかぶさり、かばってくれていた。やがて震える母の身体の上にさらに何かが落とされてきた。二つ、三つ、四つ。そのたびに衝撃と重さを感じて、わたしは痛みに顔を歪めて呻きをあげた。

それらが殺された者たちの骸だと知ったのは、血にまみれ、傷だらけになった手が視界に入ってきたからだった。節くれだった人差し指と中指に、琥珀の指輪がはめられている。族長の娘の手だとぼんやり思っていると、誰かが叫んだ。

「おい、アブリウス、行くぞ」

するとそばにいた兵士の声が答えた。

「ダーケウス、おまえ、何人殺した？」

「男を一人、女と年寄りもだ。おまえは？」

「女と子ども七、八人てとこかな」

「大した手柄だ。皆殺しは手間がかからなくていいやな。男も女もいっしょくただからな。さあ、行くぞ」

うながされた兵士は、琥珀の指輪を手荒く抜き取っていた。

「二つある。一つおまえにやるよ」

「おお、北の殲滅《せんめつ》の戦利品だ。あっちに行こう。族長と側近が死んでる。あっちにはもっといいものがあるらしいぜ」

兵士アブリウスは族長の娘の手をはなした。その拍子に、わたしの目の上に小さな足が落ちてきた。わたしの手のひらの半分もない、泥にまみれ、煤《すす》で黒くなったこの足は、二歳の弟のものだった。

わたしは動くこともものを思うこともできないまま、彼らの足音が遠ざかり、阿鼻叫喚《あびきようかん》が途絶え、青かった春の空が煙と火の粉と灰に汚されていくのを目にしていた。そうして、次第に心臓の音も血が吹きでる感触もなくなっていった。まばたきもできない。涙がただ流れていく。

背中に感じていた入り乱れた太鼓のような戦《いくさ》のとどろきも静まっていった。やがて目の奥で、夜の闇ではない闇が広がり、そこを土壌として漆黒の花が花ひらいた。わたしはその花の数えきれない花弁を一枚一枚数え、黒いおしべと黒いめしべと黒い花粉にそっと触れ、黒い香りをかいだ。すると黒い歌が水紋のように広がっていき、わたしの身体中がその歌で満たされた。わたしは陶酔《とうすい》の呻きをあげた。暗黒の花がつくりだす黒い夢に身をゆだね、歓喜と充足を味わった。花弁の一枚一枚が何をどうすればいいか語り、黒いおしべとめしべは何が成就されるかを予言した。

閉じることのできない目に真の夜の闇がおりてきて、闇の花と溶けあい、わたしは夜にひそむ獣になった。憎しみから来る飢えとめくるめく渇望と期待で、忘れていた呼吸を思いだし、胸を震わせて息を吸った。あえぎにも似た呼吸の音が、わたしを現実にひきもどした。

亡き母は、いまだにわたしの傷を押さえてくれていた。たくさんの血が流れだしていたが、動かなければあとしばらくは生きながらえることもできそうだった。身じろぎすれば、母の手がはずれて、またすぐに出血するだろうと子どもながらに悟った。

わたしは横たわったまま、闇の花が教えるとおりに、そろそろと片手を動かした。自分の上におおいかぶさっている母の亡骸《なきがら》をさぐり、隙間をぬって顎の下になんとか手を入れた。中指の先に、もはや動かない心の臓の隠されている場所が触れた。

呪文は必要ない、と花弁がゆっくり閉じながらささやいた。ただ祈れ。暗黒の神々に。ただつぶやけ。死んだ者たちに。ただただ念じよ。傷が癒えるように。

遅い月が昇ってきたようだった。ほのかに青銀の光が地上に落ちる。ゆっくりと下弦の月が天頂に達したとき、空のすべての星々がかき消え、月の光と青灰色にくすんだ闇があるばかりとなった。

どれほどの時がたったのだろう。血は止まり、傷はふさがった。わたしは母の肩をそっと動かし、きょうだいたちのあいだからゆっくりと起きあがり、累々たる屍《しかばね》の中から用心深い獣のように立ちあがった。

村はいまだ燃え尽きていなかった。あちこちで熾《おき》になり、あるいは赤い火の粉がはぜていた。

動くのは影ばかり、黒々と地上にわだかまるのはガライルの民の骸ばかり。

その中にただ一人立つわたしは、不思議なことに悲しみなど感じなかった。父も母もきょうだいも祖母も祖父も伯父や叔母や従兄弟《いとこ》たちもこの世から去ってしまったというのに、生じてきたのは冷ややかな孤独の感触だった。それは月の光にも似て、すべてを曖昧《あいまい》な青灰色の闇のあいだに漂わせ、夢うつつのものに染めあげた。

わたしは生命を奪われなかったが、生命より貴重な何かを奪いとられたようだった。そう悟ったとき、黒い蓮はそれまで以上に大きく花弁をひらいて、香りたつ憎しみの歌を歌いながら、身体の隅々を闇で満たしていったのだった。

3

アブリウスの息子セブリウスは、父が仕事に出かけたあと、家中の者を集めた。外はまだ真っ暗で、昨夜積もった雪が寒々しく映った。まだ十一月だぞ、と彼は苦々しく思った。父についてやってきたこのペイルスという町は、南の港町ボルデに比べると、なるほどやたら人口は多かった。しかし、都会というにはあまりに洗練されていないことに失望した。

道は舗装されているところが少なく、誰かの鶏や豚がインスルにまで入りこんでくるし、交わされる言葉は荒々しい響きを帯びて聞き取れないことが多く、何より人々が汚かった。数多の土着の民が街中に住んでいるせいもあろうが、彼らは風呂を使うという習慣を知らないようで、爪の黒さ、臭気にはしばしば閉口する。そして十一月初旬に雪が積もるとなれば、父にはさっさと任期を切りあげてもらい、家督を譲ってもらいたいと願わずにはいられない。いやいや、もう少ししたら、独り立ちして、こんな北の大陸からはおさらばする。ミドサイトラントの裕福な家に家令として就職するもよし、貴族の付き添いとして元老院に出入りするもよし。

狭い勝手口の前に整列した面々を眺めながら、なるほど、ペイルスの民のズボンというものをはけば暖かいだろうな、と思っていた。セブリウスのすねはむきだしで、なんとも寒いのだ。

〈暑がり〉――そう呼ばれる使用人は胴着にサンダルばき、セオルも羽織らず平気な顔をしている。もう一人は厩《うまや》番兼庭師兼大工兼雑用をこなす器用な〈煙男〉、それから女奴隷で継母と妹の二人の身のまわりを世話する〈白花〉。この三人に、それぞれ今日すべきことを指示した。〈白花〉はボルデにいたときに買った。〈暑がり〉と〈煙男〉は、ペイルスに来てから新しく雇った土着の民である。こちらは自由人で、街のどこかに家族がいるらしい。他に護衛として、〈耳男〉を奴隷商人から買った。彼は父の供をしているので今ここにはいない。

四人とも名前はあるのだろうが、セブリウスは知ろうとも思わない。あだ名をつけたのは腹違いの妹のアビアである。彼女はものに命名する才能がある。自分自身にさえ、〈行き遅れ〉と自虐的な呼称をつけておもしろがっている。十九歳にもなって、嫁の口がないのは、〈行き遅れ〉でしょう、と彼女は笑うのだ。妹でないのなら、自分が嫁にもらいたいくらいだと、ときどき思ったりもする。しかし、世の男たちはどうしても外見を重視する。賢いアビアはそのあたりもよく承知していて、自分の結婚話には、後妻の口とか互いの財産目当てとか父の地位に基づく契約とかがからんでくるとわかっている。美人とはいえない顔だちの娘は、奴隷と同じなの。結局は売り買いされる、と辛辣《しんらつ》だ。

セブリウスは使用人たちに仕事の指示を出したあと、小部屋で帳簿つけをする。昨日の支出は食費と暖炉の薪代、父の新しいトーガの仕立て代、蠟燭《ろうそく》代。北へ来れば来るほど、光熱費のかかりが大きくなる、なんとかもう少し安くあげられないものか、と彼は頭をひねる。一晩中暖炉に火を入れっぱなしの継母に、毛皮の寝具を買い足してやったら、暖房費は少しは浮くだろうか。いや、あの継母のことだ、暖炉の火はそのままに、毛皮は撥ねのけて足元に落としておくだろう。

セブリウスはこうしたこまごまとしたことが得意である。男のくせに、と継母からはよく非難される。だが、細かいところに気がつく気配りの男であるがゆえに、こうして一家を支える家令の仕事ができるのだ。おかげで我が家では、他から家令を雇う必要がないではないか。

幼いときからの父の仕込みで、武芸全般に関しても不得意ではない。だが、軍人の生活を思うとぞっとする。寒さ、暑さ、湿気、藪蚊《やぶか》、蚤《のみ》、虱《しらみ》、そして赤の他人との共同生活など、ご免こうむりたい。

〈神経質〉と妹からはあだ名を頂戴したが、それともまた違う、と自分では思っている。少々家の中が雑然としていても気にはならない。いつもと違うところにいつもと違うものがあれば気がつく、といった程度だ。

帳簿をつけ終えると、使用人を監督しに家の中を一回り。〈煙男〉が裏の洗濯屋に汚れ物を持っていったかを確認し、中庭で料理屋の子どもたちが雪合戦に興じているのを横目に見ながら〈暑がり〉が冬用のセオルを調達しに出かけたことを確かめ、廊下の床板の一枚ががたついているのに気づき、四つある寝室がどれもすべてきちんと整えられているのに満足し——父母の寝室の暖炉では、誰もいないのに火がごうごうと燃えていた。これは、継母に言っても言いかえされるだけなので、〈白花〉に注意しよう、と決めて、扉幕をあげて婦人部屋に足を踏み入れた。

継母は〈白花〉を相手にぺちゃくちゃとおしゃべりしていた。むっとする空気がこもっている。彼女たちは、何も感じないのだろうか。セブリウスはセオルの襟元を片手で広げながら暖炉に近づくと、太い薪を二、三本、炎の中心からはずした。〈白花〉は継母のおしゃべりに控えめな相槌を打っている。奴隷らしく、つつましやかな態度で、セブリウスは好ましく思った。

一方、妹のアビアは、機織《はたお》り機にむかっていた。眉間に縦皺ができている。夢中になっている証拠だった。

「やあ、だいぶできたね」

と彼は声をかけた。アビアは杼《ひ》をすべらせて一回打ちこんでから顔をあげ、にっこりとした。

〈行き遅れ〉であっても、笑えばそれなりに愛嬌《あいきょう》がある。

「このあたりの羊毛って、質がいいわね。手触りがいいから、織ってて楽しいわ」

「楽しいって顔じゃなかったぞ」

「複雑な模様だから難しいのよ。気を抜くと間違っちゃう」

アビアの声は鮮やかな色石を思わせて耳に心地よい。織物や刺繡《ししゅう》をさせたら一級品を作りあげる。彼女を嫁にしない男たちは大損するはずだ、と思う。

「この、青と水色の糸がなくなりそう。〈耳男〉が帰ってきたら、市場に行ってきてもいいかしら」

　父の護衛の〈耳男〉は、昼前には戻るはずだった。セブリウスは懐の財布を取りだし、糸代をアビアの手のひらに載せながら、もちろんだ、と返事した。アビアは銅貨を機の上に置き、再び織りはじめる。しばらくその、規則的な中に、ときおり入る変則的な動きに、一定の流れがあるかどうかを見極めようと努めたが、把握しきれなかった。

「なあ」

と彼は妹に話しかけた。

「ずっと考えていたんだが。〈暑がり〉はわかる。〈耳男〉はどうして〈耳男〉で、〈煙男〉はどうして〈煙男〉なんだ？」

　アビアは眉間に皺を寄せたまま、くすりとした。

「〈煙男〉は暖炉や竈《かまど》に火を入れるとき、決まって煙で咳きこむから。〈耳男〉は片方の耳に刻み目がついてるの」

「刻み目？」

「ほら、彼、そういう仕事でしょ？　以前に負った傷だって言ってた。すごく古い傷だって。あら、兄さんが気づかなかったなんて、不思議。なんにでも気づくのに。それから彼、傷は首にもあるのよ。薄くてよく見ないとわからないくらいの。わたしは気がついた。そしたら見せてくれたわ。でも、〈傷男〉ではだめなのよ。それはね、だってほら、〈暑がり〉にも首に傷、あるでしょ？　二人とも返事したら大変じゃない」

「……きみはあの男とそんな話をしたのか？」

「そうよ……どうして？」

アビアは杼をすべらせ、筬《おさ》を打ちこんだが、それはことさら大きな音をたてたように思われた。

「奴隷と直接口をきくのは――」

「〈白花〉だって奴隷でしょ」

アビアは両手を膝の上に乗せて、背筋をのばし、セブリウスを軽くにらみつけた。

「ねえ、兄さん。わたしを大切に思ってくれる兄さんはすごくありがたいと思う。でも、わたしまで管理しようなんて考えないで。わたしは、ほら、おとなしくしているじゃない。毎日の楽しみを、織物と縫い物と買い物に見いだしている。誰か嫁にもらってくれるという奇特な人があらわれるまで。何年先になるかわからないけど。その、よく気がつくお目めは、どこか別のところにむけていて」

「無理して嫁に行かなくても、ずっとここにいてもいいんだぞ」

「馬鹿言わないで」

アビアは機織りに戻った。足踏みをして綜絖《そうこう》の上下を入れ替えながら、

「兄さんに奥さんが来たら、わたしなんか邪魔なだけよ。だから、ねえ、心配だったら早いと

ころわたしのお婿《むこ》さんを見つけてきてちょうだい」

セブリウスは溜息をついて婦人部屋を離れた。アビアと継母はやっぱり親子だ。彼の手に余るところがある。

次に、父の書斎に行って、片づいているか不足の物はないかを調べた。まだ今の職についてから日が浅いので、書類はさほど多くない。それでも、結構かさばる。机の上で、決裁したものとそうでないものを分けた。羊皮紙、石板、どちらもあって大きさもまちまち、中にはくせがついて丸まったままの物もある。こうした書類に統一性をもたせたら、仕事もずっとはかどるだろうにと考えたりする。

インク壺にはインクがたっぷり入っている。羽根ペンの先はちゃんと削られている。文鎮《ぶんちん》も数個用意してあるし、蠟燭立てに垂れた蠟も削りとってきれいにしてある。父が帰ってきたらすぐに仕事に取りかかれる。書記を務める彼用の小卓にも同じ道具が整然と用意されている。〈煙男〉は、結構ちゃんと仕事をする。

セブリウスは満足して、ふと、封緘《ふうかん》用の蠟が残り少なくなっているはずだと思いだした。父の卓の天板を引きあげた。仕切りの一つに青色の蠟の小さな塊が二個入っている。アビアが買い物に行くと言っていたな。そのときに、ついでに十個束になったものを求めてもらおう、そう決めて蓋を閉めようとした。

そのとき目ざとい彼は、妙なものを発見して手を止めた。どうして机の中に、干し葡萄が一個だけまぎれこんでいる？

昨日はなかったはずだ。あれば、気づかないわけがない。

父がここでものを食べることは絶対にない。元軍人の父が、そんなだらしないことをするはずがない。セブリウスは眉をひそめ、たった一個の干し葡萄を凝視していた。誰かが仕事部屋に入ってきてものを食べた。買い物を置きに来た〈暑がり〉か、暖炉の火を消しに来た〈煙男〉か、それとも護衛の〈耳男〉が夜中にこっそりここで酒盛りをしたのか？

これは、厳重に注意すべきことだ。

セブリウスは懐から取りだした端切れ《はぎ》に——こういうものがあると何かと便利だ。水や葡萄酒をこぼしたとき、汗ふきや埃ふき、手拭《てぬぐい》になる——その干し葡萄を載せようとした。手でつまんだ瞬間、違和感を覚えた。干し葡萄のやわらかさではなかった。湿ってもおらず、とても固く乾燥している。干し葡萄が干からびたとしても、これほど固いわけがない。

他の男ならそもそも、こんなものに気づかなかっただろう。ましてや手にとってしげしげと調べることなどありえなかった。しかしセブリウスは違う。疑問に思ったことは、どれほど小さいことでも、いや、この場合、小さいからこそなおさら、そこに含まれている謎を解明したくなるのである。

部屋の中は薄暗くてよくわからない。中庭に面した回廊に出た。冬の弱々しい灰色の光の下で、白い端切れに載ったそれは、傾くと、ころん、と転がる。全体的に灰色で、顔を近づけてもっとよく見ると、細かく皺が寄っているのがわかった。葡萄ではない。しかし、何を干したものなのかわからない。こんな小さなもので、干されるものとはどんなものがあるだろう。

正体不明の物質を、ますます調べたくなった。普通の男ならただのごみにすぎないとうっちゃっておくものを、セブリウスはもう一度布切れの上で転がしてみた。先と違う角度から見ると、灰色の塊の一ヶ所に、ちょっと出っ張っているところがある。黒くて針の穴のように小さくて、丸い、これは——これは、もしかして。

セブリウスは悲鳴をのみこんだ。ざわっと戦慄が全身を走りぬけた。喉仏がきゅっとしまった。大の男が、これしきで飛びあがってどうする、と必死に自分を抑えこんだ。

たかが、ネズミの目玉一つに！

放りだして屋内に駆けこみたいのを我慢した。歯を食いしばってもう一度確かめた。ネズミ、あるいはモグラ、もしくはそうした小動物の類《たぐい》の、確かに乾燥させた目玉である、と嫌悪感をのみくだしつつ、結論づける。

首の後ろのすぐ上で、そんなもの、さっさと払いおとして忘れてしまえ、と本能がわめきたてていた。一方、額のすぐ上では、二十五年間培《つちか》ってきた真実を探究しようとする欲求が、絶対にこれは自然なことではない、と警告を叫んでいた。

机の中にネズミの死骸がまるまるあった、というのであれば、まだ説明がつく。たまたま寿命を机の中で迎えた、あるいはネコイラズを食したものがそこで死んだ、というならば、めったにはないが絶対にありえないことではない。尻尾だけ、であってもまだわかる。悪意を抱いた誰かが、子どもじみた嫌がらせをしたのだ、と結論づけられよう。

だが、きちんと乾燥させた目玉一つとなれば？

それはありえない。

セブリウスは震える指先で、それを布切れに包みこんだ。捨ててしまいたい衝動を抑えて懐にしまい、どうしたらいいか考えた。これには何か意味がある。悪意だけでは説明しきれない、何か黒々としたものを感じる。誰かに相談しなければ。しかし、誰に？

父に話したところで一笑に付されるだろう。それどころか、逆に説教されるに決まっている。豪傑アブリウスの息子ともあろう者が、云々。ネズミの目玉一つで大騒ぎとは、肝が小さいにもほどがある云々。

新しく家に入れた三人のうちの誰かがやった、とは推測できる。〈耳男〉、〈暑がり〉、〈煙男〉。一番怪しいのは奴隷の〈耳男〉だ。土着の民で、あのけぶるような目は、何を考えているかわからない。だが、剣の腕をもつ者が、このようなじめついたことをするだろうか？〈暑がり〉は年中忙しく走りまわっていて、セブリウスに言わせると、少々がさつなところがある。このような緻密なたくらみごとはできそうもない。すると、〈煙男〉か？彼のやっている仕事は雑用一般で、じめついた仕事ばかりではある。

セブリウスは〈暑がり〉を排除した。耳か、煙か、どちらかの仕業だろうと見当をつけた。

しかしなんのために？　まずは、それを解明しなければ。話を聞くことのできる相手は一人だった。〈白花〉。彼女に使用人たちの裏側を聞くことにしよう、そう決めて、セブリウスは婦人部屋に戻っていった。

4

〈白花〉を物陰に呼んで、ネズミの目玉を見せた。彼女は飛びあがりもせず悲鳴もあげず、ただすさまじく顔をしかめた。どこで見つけたかを話し、どう思うか尋ねると、低くやわらかい声で、

「よくわかりませんけれど……」

と答えた。何を期待していたのか自分でもわからないままに、セブリウスは聞いた。

「神経質に考えすぎかもしれないがね。しかし気になる。こんな小さなものだが、ひどく禍々《まがまが》しいと感じるのはわたしだけかな」

「誰の仕業かお聞きになったらいかがです？」

「名乗り出るわけはないだろう。こんなことをするのは、暗い何かを胸にもっているからだ」

〈白花〉はしばらくうつむいて考えていた。それからようやく顔をあげて、

「知りあいが何か知っているかもしれません」

そこで、いろいろ考えた末に、セブリウスは結局一人で出かけた。アビアが買い物に行くと言っているのに、〈白花〉を借りるわけにはいかない。護衛がつくとはいえ、女のアビアを独

り歩きさせるなどとんでもないことだ。

セブリウスは〈白花〉から書いてもらった地図を頼りに、一人で彼女の知りあいの家を訪ねた。砦の北のインスルの貸家に、その男は大勢の家族と住んでいた。

階段を登っていくと、回廊では五、六歳から十二歳くらいまでの子ども四人が走りまわっていた。回廊の手すりが壊れそうな騒ぎだが、誰も注意をしないところを見ると、これが日常茶飯事なのだろうと思われた。名前を告げると、戸口に立つと、薄暗い室内に、少なくとも四対の目が白く浮きあがって見えた。名前を告げると、のっそりと出てきたのは、四十がらみの髭面の男だった。すでに昼が近かったが、寝ていたようで、髪も衣服も乱れて、裸足だった。

誰だ、あんた、と身体を近づけてきた。体臭と口臭と住まいそのものの臭いが押しよせ、セブリウスは思わず顔をそむけそうになるのをすんでのところで踏みとどまる。〈白花〉の名を出して、聞きたいことがある、礼はする、と告げると、彼は夜通し船荷を運んでいたんだ、とぶつくさ言いながらも、階下の暗がりまでついてきた。

件の物を見せたが、男は表情一つ変えなかった。そういう話はどこかで聞いたことある、と鬢《びん》の上をがりがりとかきながら言った。暗がりに白いものが飛び散ったのは、蚤だろうか、虱だろうか。銅貨を一枚ちらつかせると、妥協のしるしに唇を突きだしながら、

「……呪術に関係してるってな」

と言った。

「それはわかっている。どうすればいい？」

「……占い婆に聞いてみるのがいいか、クンズ街のニャルルカに聞いてみるのがいいか、だな。素人の呪術なのか、魔道師がからんでるのか、そういうことに詳しいかも」

「魔道師……。この町に何人いる？」

「知らねえよ。とにかく二人にあたってみることだ。二人とも、おれの遠い親戚だから、おれの名前を出せば話は聞いてくれるはずだ」

そう言い捨てて、階段を駆けあがっていってしまった。子どもたちを荒々しいが愛情のこもった口調で叱りながら、部屋に戻っていくのが聞こえた。

魔道師、とセブリウスはつぶやいた。魔道師を見たことは二度ある。だがそれは、父の軍団に派遣されてきた帝国軍づきの魔道師だった。宴に父が招待したのだ。彼らは大きな戦いに際してやってきて、風を起こして矢筋を変えたり、小さな地震を起こしたり、名前のない大きな獣や巨人の幻を見せたりして、敵の士気をそぐ働きをするという話だった。セブリウスは幼かったので、後ろ姿を垣間見たにすぎなかった。それでも、彼らのいかにも魔道師らしい黒い長衣のあちこちから、蝙蝠《こうもり》の翼をもった鳩や炎の輪郭《りんかく》をもつ鳶《とび》の幻が次から次へと飛びだしてくるのを見たような記憶がある。

彼にとってそうした魔道師は、戦士の範疇《はんちゅう》にあるもので、どう考えてもじめついた呪術とはつながらない。ネズミの目玉に呪いをかける、そのような存在を魔道師というのだろうか、と頭をかしげざるをえないのだ。

どうにもしっくりこない、と不満ながらも、雪が溶けてぬかるみ、汚物と一緒になった泥の道を、汚れないように足配りをしながら歩いた。占い婆の家はさほど遠くなかった。こちらは間口の狭い店構えだった。木の扉の代わりに、薄布が何枚も重なっている戸口を入る。ただ一本の太い蠟燭が、黒い煤をあげながら大きな炎をゆらめかせている。さまざまな香の匂いがごっちゃになって、たちまち気分が悪くなる。

炎のそばに、いきなり婆の顔が浮かびあがった。虎を思わせる皺だらけの顔を、〈白花〉と同じようにすさまじく歪めてしゃがれ声でわめいた。

「出ていけ！　そんなもの持って、ここに来るな！　さっさと出ていけ、出てけ！　汚らわしいやつめ！　来るな、来るな、来るなああっ」

セブリウスはそのわめき声より、突きだされた真っ黒い爪に怖気をふるって、店を飛びだした。首筋に冷や汗をかき、脈うつ心臓を抱きながら、しばらく走った。婆の声がもう聞こえないと確信できると、ようやく歩をゆるめた。気がつくと、サンダルもくるぶしも、汚水と泥ですっかり汚れてしまっていた。

急に寒さを感じて、セオルを身体に巻きつけ、とぼとぼとクンズ街にむかった。脅されて逃げだすなんて、おれは十歳の子どもか、と自嘲《じちょう》しながら歩いた。

昼をすぎて、クンズ街ではそろそろ店をあける時刻になっていた。客引きの男たちがぶらついている。竪琴や太鼓や笛の音色が、雪片が舞うようにちらほらと鳴っている。

誘いをかけた相手に一顧《いっこ》だにされず、ののしり声をあげて泥を蹴った一人の客引きに、セブリウスは声をかけた。へいっ、旦那さん、お目が高い、どうぞどうぞ、こちらへ、あったまっていきんなさいまし、とひっぱりこもうとするのをおしとどめて、ニャルルカという女を知っているか、と聞くと、ますます相好を崩し、

「あいな！　ご指名でござんすね。ニャルルカ姐《ねえ》さんとな、さすが旦那、やっぱりお目が高いねっ」

とこちらが恥ずかしくなるような声をあげて、

「頼むから、もう少し声を低くしてもらいたい」

と焦るセブリウスをぐいぐいと店内に引きずりこんだ。ニャルルカ姐さん、ご指名でっせ、という大声に、奥の小部屋からのっそりあらわれたのは、丸顔の四十代の女だった。白い肌は明らかに土着の民である。しかし髪の毛は漆黒の縮れ毛で、これはコンスル人の血がまじっていることを示している。大きなアーモンド形の目の片方には黒い隈《くま》を化粧している。もう片方は塗りかけで、化粧道具の小筆を手にしていた。ニャルルカはにやっとすると、ずけずけと言った。

「気の早いお客だね、まっ昼間っから」

セブリウスは額に汗をかきながら、どもりつつ、いや、と否定した。

「きゃ、客ではない。ああ、だが、聞きたいことがあって、来た」

ニャルルカはたちまち笑いをひっこめた。

「なんだい、もしかしてお役人かい。なら、しゃべることなんぞネズミの目ん玉ほどもありゃしないよ。おとといおいで」

と踵《きびす》を返そうとする。追いすがるようにしてセブリウスは、金は払う、そのネズミの目玉について話があるんだ、と言った。ニャルルカは少しばかり興味を惹かれたようだった。

「金？　あんた、お役人と違うのかい？」

あいている彼女の片手に青銅貨《ービス》を押しつけた。四人分の料金である。彼女は渋々彼を小部屋に案内した。壁龕《へきがん》に油灯がともり、寝台が一つ、長櫃《ながびつ》が一つだけの部屋で、空気がよどんでいる。どうして人々はこうした空気の悪さに平気なのだろうかといぶかりながらも、セブリウスは勧められるままに寝台に腰をおろし、ネズミの目玉を見せた。

ニャルルカは鼻に皺を寄せて、うぎゃあ、だか、うげえ、だか、汚物を音にしたらそんな音になるだろうと思わせる声を出した。

「そいつさ、外のみぞにでもぶちこんでしまいな」

と手を振ったので、セブリウスは一応布切れにたたんで懐にしまった。

「何か知っているんだな」

「呪いとか魔術とか、霊魂とか、亡霊とか、そういう話は客があたしをおもしろがらせようとしてよくするもんでね、聞きかじりじゃあるけど、知ってるよ。占い婆には見せたのかい？」

「見せないうちに追い出されたよ」

ニャルルカは失笑した。隣にすわって手鏡を左手に、小筆を右手に持って、もう片方の目のまわりに隈取りを入れながら、

「なら、やっぱりそうなんだろう」

「……何が？」

「本物ってことさ。お婆が怖気づいたんなら、そいつは本物の呪物。ガライルの民とか、ガスタルの民とか、北方の民たちのあいだに大昔からあるってね。まあ、北方の民たちはあんたたちコンスル人が滅ぼしちまったし、生き残りもいるかいないか。あ、それでも、今でも、プアダンの魔法を操る魔道師がいるってことは、ときどき耳にするよ」

「……プアダンの、魔道師？」

「亡骸を使うって……」

「亡骸？　し、死体？」

「そのネズミの目玉だって、死体の一部だろ？　そういうこと」

セブリウスは両手で自分の顔をおおうようになでた。

「そういうことって……どういうことだ？」

「察しが悪いね、そんなもの、見つけたわりには。……目玉だろ？　見つけたぞっていうしる

しだし、見ているぞっていう脅しだし、見てろよっていう予告なんだろう」

「つまり……何か、死んだものの一部を使って、魔法をかけようとしている？」

「たぶんね。そう聞いてるよ、プアダンは。……ああ、そうか」

化粧を終えたニャルルカは、ぱたり、と両手を膝の上におろした。

「大分前にちらっと聞いたことを思いだしたよ。暗殺をする魔道師がいるって。正体不明なんで、〈顔のない魔道師〉って言われてる。たぶん、そいつがプアダンの使い手なんだかもね」

自分の鋭い洞察に、ニャルルカはうれしそうだった。セブリウスは少しもうれしくない。

「まだよくわからん」

「わかるさ。つまりあんたは、〈顔のない魔道師〉の使うプアダンの魔法にかけられてるってことだ」

「……わたしではない……、父だ」

と決めつけるように言ったので、少しむっとして言いかえした。

「誰でもいいさ。とにかく、家に帰ってさがしてみな。たぶん、なかなか見つけられないところに、兎の尻尾とか、モズのハヤニエみたいな干からびたイモリだとか、狼の爪だとか、そんなものが隠されてるはずさ。もし見つけたら火にくべることさね。炎で浄化してしまわなきゃ。それらは全部あんたを怖がらせるためのものだろうね」

「わたしではない、父だ」

とまた訂正してみたものの、胴ぶるいがはじまって、声も震えた。

「よっぽど恨まれてるんだろうね」

「なぜそう思う?」

「〈顔のない魔道師〉は痕跡を残さない。いっぺんでけりをつける。もしも、さっき言ったようなものが見つかったんなら、見せしめだよ。恨みは深いんだろ。あんたじゃなく、あんたの父さんだと言うんなら——誰かに、何かしたんじゃないかい? 心当たりがあれば、そいつが依頼主だかもよ」

恨まれるようなことはしていない、とこの世で胸を張って言える人間が一体幾人いるか。憎しみは世界に渦まき、哀しみは風になって吹き、怒りは常に鍋底で沸騰している。

セブリウスはもう、いてもたってもいられなくなった。父が何人殺したか、わからない。酒の席で自慢げに部下に話していたことも一度ならずある。誇張されていたとしても、五人や六人ではないはずだった。

寝台の上にさらにもう一枚青銅貨を放り投げると、店を飛びだした。その背中に、落ち着いたらまた来ておくれ、今度は客としてね、とニャルルカのおもしろがっているような口調のお愛想が飛んだが、もう半分も聞いていなかった。

雪が静かに降りはじめた道を、泥を撥ねかすのもかまわずにかけだした。家中の棚という棚、物陰、机の中を調べなければ。天井、床下ものぞかなければ。それから使用人たちを問い詰める。誰かがやったはずなのだ。魔道師に頼まれて。金をもらって。必ず突きとめてクビにしてやる。いっそのこと全員追い出してもいい。

それから魔道師だ。魔道師には魔道師。父に聞けば、このあか抜けない町にも、一人二人、心当たりがあるはずだった。

5

若旦那セブリウスが家中をひっかきまわしていた。あの、四角四面で、若いくせに几帳面な男が、散らかるのにも目もくれず、棚の奥から長櫃の隅っこにまで頭を突っこんでいた。さすがにわたしたちの数少ない持ち物には触れなかったが、両親と妹のものはすべてあけさせていた。もし、わたしの持ち物をさがしたら、あのクリーム色の杯も見つけたにちがいない。そうしたら、身分不相応の杯に不審をいだいただろう。しかし彼はそれをしなかった。

「ロウイ、どうしよう」

と〈白花〉が拳《こぶし》を嚙みながら言った。お嬢さんのあだ名の感覚は的を射ている。〈白花〉はふっくらして白い花弁のような頰を青くして、この混乱におののいていた。彼女もわたしと同じく、コンスル人に村を焼かれた。ただ、殲滅はまぬがれた。他人のことなどどうでもいいわたしだが、自分と同じような境遇の彼女に、死んだ弟妹の姿を重ねあわせていたのかもしれない。彼女にはこれ以上不幸な運命を味わわせたくなかった。彼女を自由にしてやりたいとも考えていた。彼女の匂いには、晩春に舞うハコヤナギの花の白さがあった。人間とみなされず、誰かの持ち物として言いつくせない辛い目にあってきたにもかかわらず、〈白花〉はそのあだ名のとおり、純白をまとっているのだった。

わたしはほっとけ、と答えた。

「なんだか知らんが、そのうち頭も冷えるさ」

どうやら目玉を見つけたらしいな、と思いながら、アブリウスが婦人部屋に入っていくのを横目で見ていた。あれはアブリウスへの警告だった。もちろん、気がつくとしたら息子の方だろうと予想はしていたが。

無抵抗ではおもしろくなかった。少しはおびえてもらわなければ。わたしたちの村は、コンスル帝国の使者と交渉中だった。にもかかわらず、あのように突然襲われるとは、誰も思っていなかったにちがいない。それゆえ、功を立てようともくろんだ現地の司令官の独断であったことにわたしの洞察力が追いつくまで、ずいぶんと時間をすごしてしまっていた。

だが、アブリウスに、現実に心が追いつく時間を与えるつもりはなかった。正体不明の何者かに狙われているという恐怖にさいなまれていてほしかった。

思ったとおり、セブリウスは脅威を発見し、父親にそのことを今、説明している。言い争っているところから、アブリウスは呪術など、と一笑に付し、セブリウスは必死に納得させようとしているらしい。わたしとしても、このあたりで信じてもらわねば、おもしろくない。

わたしは懐に片手を入れ、セオルの隠しポケットの中の猫の心臓に手を触れた。

そういうものをどこから手に入れたか？　そういうものを専門に扱う神官がいるのだ。暗黒の神々を祀る森の奥の祠《ほこら》を守るこの男は、やはりコンスル人に故郷を滅ぼされた土着の民で、三十年来のつきあいである。彼は狩人や猟師たちに声をかけて、獣の死骸の一部を手に入れて加工する。ときには、わたしだけのために、人間の骸を掘りおこしたりもする。暗黒の神々に心から仕えている、わたしが信頼する唯一の人間である。

猫の心臓は干して平らにしてあるので、そら豆ほどに縮んでいる。その中には機会を見つけて枕からかすめとってきた奥方の髪の毛を針で縫いおさめてある。長いこと一人で生きぬいてきたわたしは、いろいろなことに精通し、多方面にわたるある程度の技術ももっている。たやすい仕事だった。

呪う相手の姿をこの目で見てさえいれば、魔法は発動する。だが、見えないときもある。そのようなときには今度のように、相手の持ち物を補助品として用意する。

今、婦人部屋には家族全員が集合している。奴隷も使用人も、部屋の外で、気をもんだりおもしろがったりして待っている。

わたしは壁によりかかり、目をつぶった。猫の心臓に意識を集中し、心の中で奥方の名前を何度か唱えた。それから心臓を握りしめた。

すぐに、扉幕のむこうで、奥方の悲鳴が聞こえた。床に倒れる物音も伝わってくる。〈白花〉が幕を押しあけて駆けこもうとすると、セブリウスの叱咤《しった》の声が飛んできた。

「誰も入ってくるな！　近よるんじゃない！　〈白花〉、医者だ、医者を呼んでくれ！」

〈白花〉は思わずわたしの顔を仰いだ。わたしは誠実そうにうなずくと、急いだふりをして家を飛びだした。ゆっくりと走りながらも、心臓を握りしめ、指のあいだでこするようにしてつぶした。

笑みが自然に浮かんでくる。大丈夫だ、アブリウス、と語りかける。奥方はすぐに絶息する。それほど苦しまずにすむよ。我が母のようには苦しまずにすむよ。

三インスル先の医者をともなって帰宅したときには、〈白花〉の泣き声とお嬢さんのすすり泣きが重なって聞こえてきた。セブリウスは頑としてわたしたちを部屋に入れようとはしなかった。他の二人は小声でぶつくさ言い、小首をかしげていた。

ごたついているあいだに、わたしは自分の持ち物から一つ、布に包んだものを持ってアブリウスの書斎に忍びこんだ。今度はこちらの意図がはっきりとわかるように包みから出して卓上に置いた。これも暗黒の神々の神官お手製の品物である。コンスル人の血液を蠟にまぜて固めた、子どもの手のひらほどの大きさの皿。蜘蛛やら蛾やらアブなどが閉じこめられている。血の琥珀、とわたしは呼んでいる。それに触れた者の名前をわたしがつぶやけば、治癒の難しい病に冒される。慈悲深い死など、アブリウスにはもったいない。じわじわとおのれが滅びへと近づいていく恐怖を味わうがいい。

医者が帰り、医者の伝言を聞いた葬儀屋がやってきたのは、翌朝のことだった。亡骸をおさめた木棺は荷車に載せられてイルモネス女神の神殿に運ばれる。わたしたちは一切手を触れることを禁じられた。

アブリウスは慌ただしく荷車のあとを追うために出ていこうとして、わたしたちをさっと一瞥《いちべつ》した。その目には今まで彼が知ることのなかった怖れがちらついていた。わたしは視線を下に落として恭順の意を示しながら、心の中ではまだまだこれからだ、と彼に語りかけていた。アブリウスは日焼けして皺だらけの軍人らしい顔を赤く染めて、先に出た息子のあとを追っていった。

わたしはあの光が射すのを待った。光は射してはきたが、細く弱々しかった。黒い蓮はゆったりと重い頭を揺らした。まだまだこれからだ、と花は香りをふりまきながら、ささやきをくりかえした。

6

血の皿を最初に発見したのはやはりセブリウスだった。アブリウスはそれを見て、何を思ったのだろう。彼のなしてきた人殺しがとうとう彼に追いついてきたと悟っただろうか。悟ってほしいと、わたしは願った。

その夜、二人は相次いで喀血《かっけつ》したと、〈白花〉はわたしたちに声をひそめて語った。一体この家はどうなるの、と彼女は不安そうだった。わたしたちは黙って首を振るしかなかった。大した量ではなかったらしい。しかし胸の病気となれば、おおごとだった。彼らの将来は奈落に傾きはじめている、と誰もが思った。

アブリウスは一晩で憔悴《しょうすい》した様子で、翌朝わたしたちの前にあらわれた。目の下に黒ずんだ肉のたるみを作っていた。肌は土気色にくすみ、唇はひび割れ、皺はより一層深くなったようだった。どんな災いがおのれの身に降りかかったのだろうと考えているのがわかった。わたしは内心ほくそ笑んだ。考えろ。思いめぐらせよ。だが、数々の殺戮《さつりく》を生みだしてきた男は、どれがそれだかわかるまい。

彼はわたしたち三人に、必ず互いに互いを視界に入れて仕事をするようにと命じた。決して一人にするな——家の中にいるときは。それで、常に三人一緒に仕事をした。おもに葬儀の準備であった。わたしはイルモネス女神の足元に供物としてささげる肉の表面に切れ目を入れる作業をしながら、肋骨のあたりがぞくぞくする感覚を楽しんでいた。黒き蓮は香りをますます濃くして、ゆらゆらと揺れた。

葬儀が終わり、墓の前での宴会が終わった。雪の中での儀式は、辛いものになった。早々に引きあげたのは、再びアブリウスが喀血し、雪の上に鮮血をしるしたからだった。

さらにその翌日、セブリウスは魔道師を連れてきた。平たい鼻に髭の剃り跡も青い、大柄な男で、めくらましを見破ったり、隠されたものを見つけたりする力があるらしい。わたしは動じなかった。魔道師と呼ぶには、お粗末な力だ。重々しく足を運び、もったいぶって動きまわり、わたしたちから話を聞いた。ええ、旦那、三人で互いに互いをみはってました、そうです、旦那さん、誰も一人っきりにはなっていません、寝るときも恋人同士みたいに一緒です、厠《かわや》に行くときだって一緒です。いい加減互いの顔を見るのもあきあきしてきましたぜ。

どうしてあんなえせ魔道師に、わたしの結界を破ることができようか。死のもたらす絶望を、絶望のもたらす冷たさを、冷たさのもたらす暗黒を経験したこともないあのような若僧に。あれは魔道師というよりは辻占い師、いやいや、それを言ったら、辻占い師にも侮辱かもしれない。詐欺師に近いだろう。本人はいっぱしの術者のつもりではいるらしいけれども。

彼はわたしの結界に気づきもしなかった。かすかな違和感とめまいを覚えたかもしれないが、気にもとめず、セブリウスにこう告げた。怪しい者はいない。怪しいものもない。これには魔法は関係していない。あったらわたしが気づくはずですよ。

不満気なセブリウスから銅貨をむしりとって重々しく家を出ていった。わたしたちはちょうどその様子を窓から見ていた。セブリウスよ、もう少し骨のあるやつを連れてこい。

わたしはセオルのポケットの中で鶏の足を折った。魔道師は五、六歩ほど行ったところで叫び声をあげてもんどりうって転がった。骨の折れる音はわたしたちの耳にもはっきりと響いた。踏み固められた雪の上で、魔道師は右足をかかえるようにして罵詈《ばり》雑言《ぞうごん》を吐きはじめていた。一本ですんだ幸運を喜ぶがいい。骨はすっぱり折れたから、三ヶ月もしたら歩けるようになるだろう。

セブリウスはこの騒ぎに飛びだしていった。

一方、アブリウスは、青ざめた顔をして、書斎にこもってしまった。行ったり来たり、落ち着かなげに歩きまわっている。

間もなくセブリウスは帰ってきた。そうして、書斎で父親となにやら相談している模様だった。やがてアブリウスが喉をぜいぜいいわせながらわたしたちの前に立ち、全員に暇を出す、と宣言した。

「疑いをかけるのは心苦しいんだが、おまえたち三人の中の誰かがこの悪事に加担している。たぶん、金で動いているのだろう。だから、金はくれてやる。この家から出ていけ！〈耳男〉、おまえはアビアのお気に入りだったから、それに免じて奴隷の身分から解放してやろう。おまえは今から自由だ。帯を渡せ。自由人の帯を求めるがいい」

奴隷は自由を手に入れた。それから各人一枚ずつ銀貨をもらった。なんという太っ腹なことか。わたしたちは思いがけない大盤ぶるまいに喜色満面、いそいそと荷物をまとめ、いとまごいもそこそこに退去した。一銀貨《セステル》あれば一年遊んで暮らせる。

ああ、だが、アブリウスよ、おまえは間違っている。わたしは金で雇われた魔道師の手先ではなく、魔道師そのものなのだ。一財産もらっても、黒い蓮の花はしおれることはない。むしろわたしはおまえの家の屋台骨が傾かないか、そちらを心配する。

それに、働き手を三人失って、家の中はみるみる荒れていくにちがいないと思われた。新しい使用人を入れることはしばらくはあるまい。

これで安心とアブリウスはほっとしたかもしれない。が、それは甘い、とすぐに知ることになる。家の外からでもいくらでもおまえを滅ぼすことができる。アブリウスの胸に恐怖の種は植えつけた。あとはそれがしっかりと生長するように、さらなる怖れと悲嘆と焦燥の養分をたっぷりと注げばいい。

暗く寒く長い冬のしじまの中で、アブリウスよ、おまえがどれほど耐えられるか、見せてもらおうではないか。

7

わたしはその日のうちに、数インスルはなれた大通りに面する貸間の二階に入った。窓からのぞけば、役所に通うアブリウスを見ることができるだろう。

窓辺に暗黒神の祠にあった石を置いた。なんの変哲もない石だが、闇の神の気配がしみこんでいる。そのそばには、狼の背骨の一片、モグラの頭蓋骨、人の足首から下――骨を抜いて乾燥させてイチジクのように小さくなったもの――、極めつけに人の頭骨の欠片《かけら》を並べた。

アブリウスがこの下を通っても、手を下すことはすまい、と思っていた。あの男をもっと苦しめるためにまずアビアを、それからセブリウスを奪ってやろうと考えていた。血を吐く病に冒されている身にとっては、死の恐怖はいや増すばかりだろう。

そこまですることがあるのか?――その言葉は、いたいけな我が弟や妹を殴り殺したアブリウスに投げつけるがよい。

憎しみを捨てることを考えないのか?――我が胸に、腹に、身体中に、根を張るこの黒蓮を、根こそぎ排除できればそれも可能かもしれない。だが、わたしはそれを望まない。わたしは復讐したいのだ。

その夜のことだった。寝台に横たわって、音もなく降ってくる雪の気配を感じながら、うとうとしていたわたしは、突然息苦しくなって目が覚めた。まるでにごりの膜が身体全体におおいかぶさってきたかのように息が詰まった。

わたしはもがきながら飛び起きた。寝台からおりようと身体をかしげたとき、胸のあたりが急に熱くなり、締めつけられるような感覚を味わった。喉元にせりあがってきた熱くてぬるりとしたものが、鉄の味だと感じた直後に、喀血した。

暗がりの中でも、それが血だとわかった。

術がかえされたのだ。

わたしは口元を袖でぬぐいつつ、力ある魔道師があらわれたことを悟った。たぶん、セブリウスが、今度はまともな魔道師を雇ったのだろう。たぶん、あの血の皿は、その魔道師が適正な方法で処分したのだろう。暗黒《ファダン》の魔法は破れればかえってくる。わたしの魔法をかえすことができるとは、かなりの使い手にちがいない。

わたしは狭い部屋を歩きまわった。安普請の床板が鳴り、うるさいぞ、と隣から壁を叩かれた。かまってなどいられない。人を呪えばいずれ我が身にかえってくる。覚悟のうえだった。こうなれば、もはやわたしの生命はもって一年かそこらだろう。

悠長なことをしていられなくなった。むこうに力ある魔道師がついたのだとすれば、まずその魔道師をほふらなければならない。アブリウスはそのあとだ。そのとき、わたしに余力が残っているかどうか。セブリウスめ。なかなかやるじゃないか。

困難な状況となったとき、わたしはそれにしがみついてもなんとかしようとする。それは、黒蓮が諦めることを許さないせいばかりではない。わたしの本性が、そうなのだろう。困難であればあるほど、それを乗り越えてみたいと思うのだ。かつて運命にうちのめされた経験から、叶わぬまでも、せめてせめて運命にひっかき傷くらいはつけたいと思うのだ。たとえその結果が破滅であったとしても。

わたしは窓辺に黒い蠟燭をともした。これも暗黒神の祠の神官の手製である。材料が何かは聞かぬがよい。怖気をふるうようなものに決まっている。

はたして、炎が芯に移るや否や、漆黒の煤がたち昇った。いや、煤ではない。黒く羽ばたく無数の蝶だ。小指の先ほどの大きさで、実体があるのかないのか、煙のようにはかない。それらはしばらくすると部屋中に満ちあふれ、やがて窓から雪のやんだ深更の街へと出ていった。

強風に引きちぎられて霧散するものもあろう。そうした残骸は、白い雪の上に黒々とした小さな点となって残るだろう。あるいはそこここの軒や看板にぶつかり、はりついてしまうものもあるだろう。だが、あとからあとから生まれるこの暗黒の蝶は、尽きることがないようだった。大海を泳ぐ鮭が、時が来ればあやまたず生まれ故郷の川にさかのぼってくるように、蝶は魔法の匂いをかぎつけて、アブリウスの家にたどり着く。千匹のうちの一匹、一万匹のうちの十匹がたどり着くのであれば、無数のうちの一体何匹がアブリウスの家の壁に、屋根に、室内に、はりつくことか。

魔道師が気がついて撥ねよけようとすればするほど、蝶たちは集まっていく。彼の身体に、額に、息に、身ぶりに、まとわりつくようになる。暗黒の蝶は暗黒から生まれてくるものを好む。

それゆえ、今この瞬間、何百匹かは黒蓮の香りに惹かれてわたしの胸の中にも侵入してくる。しかしわたしはもちこたえられる。まだ。おまえはどうかな、力ある魔道師よ。

わたしは待った。窓辺に寄って、寒さなど少しも感じず、じっと待った。黒い蠟燭はやがて燃え尽き、街のどこかで夜明けを告げる鐘が鳴った。厳冬期、実際には陽が昇るのは真昼の一刻のみである。

人々は寒さに震えながら戸をあける。しわぶきや話し声、町角町角に松明《たいまつ》をともす。ざわめきが大きくなり、固い雪の上を走る荷車、仕事に出かける男たち、市場に商品を運ぶ商人たちが通りを行き交うようになった。わたしはじっと待った。怖気づいたアブリウスが仕事を休む可能性など、考えもしなかった。

市場の方角がにぎやかになった頃、ようやくアブリウスがお出ましになった。騎馬である。白い息を吐く馬の上で、トーガの上に分厚い毛のセオルを巻きつけ、深々と頭巾をかぶっている。顔は見えない。誰であるかわからないようにとの配慮なのであろう。だが、わたしにはわかる。手綱を握るあの手を忘れようか。母を刺し貫いた槍を握った手だ。弟や妹を殴り殺した拳だ。殺戮者のしるしがわたしにははっきりと見える。

　隣を、やはり騎馬で護衛するのは、黒い蝶の煤あとを額や頬につけた魔道師、なんと女だ。怖れげもなく、あたりを睥睨《へいげい》して進んでくる。栗色の髪を後ろでおさげにしている。魔道師の長衣を着てトナカイの皮のセオルを羽織っている。見た目は三十代だが、魔道師の例に漏れず、実際の年ははかりがたい。背筋をのばし、唇にはかすかな笑みさえ浮かべ、不敵そのもの。

　襲いくる魔法を予期して、防護の幕をアブリウスと自身にはりめぐらせている。だが、身体にはりついた黒い蝶のしみは、彼女が魔法を使えば使うほどその体内に侵入していく。

　わたしは彼女が真下に来るまで待った。それから狼の背骨の一片を、目は彼女からはなさずに踵《かかと》で踏み砕いた。

　魔法の波動が女魔道師に突進していく。一瞬、防護幕が紫色に光る。女魔道師も接触を知ってはっと頭をめぐらせる。目と目が合った。わたしは人の足の干物を片手で持って嚙み裂いた。もう片手でモグラの頭蓋骨を叩きつぶした。防護幕が赤い炎をあげ、大きくひしゃげ、裂け目ができた。彼女は呪文を唱えながら三本指をわたしにむかって突きだしてきた。幾本もの鋭いナイフと化した突風が吹きつける。わたしは両手をあげて顔をかばいながら後退した。

　手をおろしたとき、女魔道師が真下で次なる一手の呪文を唱えはじめていた。だが、彼女の指が再びわたしにむかってあがりはじめたとき、その額に、頬に、手の甲、長衣に、黒いしみがみるみる広がっていった。魔法を使えば使うほど、蝶は魔法の宿る大元へと引きよせられていき、食いつくしていくのだ。

それはわたしとて同じこと。共倒れは覚悟のうえだが、まだわたしの方が分がいい。身体の中にしみこんできた蝶たちは、黒蓮の香りに誘われて、まずそれらに群がるからだ。その分わたしの肉体の損傷は少なくなる。

それまで防御幕の表面を虚しくすべっていたわたしの魔法も、幕が破れたことで彼女を直撃した。馬から転げ落ちたとき、彼女は背骨が折れ、頭蓋骨が砕かれ、両足はつぶれてしまっていたはずだ。

わたしたちにとって、この魔道戦は数時間にも及んだ出来事のように感じられたが、アブリウスや周囲の者たちにはほんの一瞬だったにちがいない。彼らには何が起こったか、まず理解できまい。

アブリウスにとっては、普通に隣を警護していた魔道師が、なにやら独り言を言ったかと思うや、もんどりうって落馬し、あっというまに見るに堪えない姿に変わってしまった、そのように思えたことだろう。

彼は悲鳴をあげた。その声たるや。それを聞きたかったのだ、とわたしは満たされる思いがした。腰のあたりがぞくぞくする。人を殺したときに感じるあの光が射してきて、一時《いっとき》幸福感にひたった。もっとわめけ。もっと怖れよ。

よほど恐怖にかられたにちがいない。歴戦の強者《つわもの》が、おりることもない馬からすべり落ちるようにして地面に立った。がくがくと身体を震わせる。おまえでも震えることがあるのだな。わたしは寝具を裂いて、血の止まらない手首に巻きつけながらも、狼のように嘲《あざけ》った。

通りは叫び乱れる人々でたちまちいっぱいになった。アブリウスはそれらの人々をかきわけるようにして、よろめきつつ家の方へと逃げていく。

馬がおびえているぞ、アブリウス。自分だけ逃げるのか。槍や剣は怖ろしくなくても、魔法は怖いのだな、アブリウス。

手首の傷は深いが、血さえ止められればどうということはない。だが、黒い蝶と身のうちに巣食った呪いの病は、時間がたてばたつほどわたしを食いつくしていくだろう。もっと苦しめてやりたかったが、彼をほふるにはわたしの時間がない。セブリウスがまた元気な魔道師を雇ったら、もうわたしには打ち破る力は残っていないだろう。

ただ一つ残った人の頭骨をセオルのポケットに放りこむと、わたしは下におりていった。冷や汗をしたたらせている馬を、人々のあいだからゆっくりと導き出した。馬は、わたしに手綱を取られてますますおびえたが、有無を言わさず騎乗した。白目をむき、鼻孔を広げ、歯を鳴らし、耳を寝かせて抗《あらが》おうとするのを押さえつけ――当然だろう？　わたしは人に至るまでにさんざん獣を殺してきたのだ。本能の鋭いこうした獣が、恐怖におびえるのはもっともなことだ――その恐怖をもって歩を進めさせた。

アブリウスの後ろ姿が、ほのかに光る雪明かりの中に黒く見える。わたしは急がなかった。

せめて家に帰るまでは、恐慌をきたしていてもらおうではないか。わたしはその恐怖の残り香を楽しみながら、ゆっくりと彼を追いたてていった。

家の前に着くと、嫌がる馬の耳に黒い言葉を吹き込み、強く硬いその前足で、玄関扉を蹴破らせた。なんという破壊、なんという音。わたしの黒蓮の根本にまで心地よくとどろく。

泡を吹きはじめた馬から飛びおりる。馬は恐怖のいななきをあげて家の中へと駆けこんでいった。家人の驚愕の叫びが狭い廊下にこだまする。戦車でも通りすぎるような轟音《ごうおん》をたてて、中庭へとつっきっていく。

飛びだしてきた〈白花〉を片手で払いのけて、わたしはアブリウスの寝室へと大股でむかった。ロウイ、これは一体どうしたわけ、何をするの、と〈白花〉がわめくのを背中に流し、階段を登って扉幕をくぐった。

刀風を感じてとっさに頭をかがめた。唸り声とともにアブリウスが払った剣は、扉幕を上下に切り分けた。わたしは身体をそのまま前へと転がし、一回転してむきなおろうとした。しかしさすがに元兵士、素早く体勢を立て直したアブリウスは二刀めをふるってきた。斜め右によけなければ、わたしの頭はかちわられていたにちがいない。

アブリウスは牡牛のように突進してきて、今度は突きを入れた。わたしはさらに身体を転がしてよけたが、激しい動きで手首の傷から出血がはじまったのを感じた。けりをつけなければならなかった。

仁王立ちになり、剣を大きくふりかぶったアブリウスの姿を、暖炉の火が明々と照らしだした。わたしは尻をついてセオルのポケットに手を突っこみ、三十六年前のあのときと寸分たがわぬ赤く染まった顔を見あげながら、人の頭骨をポケットごと床に打ちつけた。手の中で、上等な陶器にも似た薄い骨は砕け散った。わたしはその感触を運命が砕け散る音として感じた。

アブリウスは剣を振りおろした。わたしの左膝をかすめたそれは、床に打ちつけられて火花を散らした。剣は跳ねかえってどこかへ飛んでいき、ほぼ同時にアブリウスの巨体がわたしの方にゆっくりとかしいできた。

わたしは静かに腰をずらした。その空隙にアブリウスは地響きをたてて倒れ伏した。

立ちあがると二歩で刀架に近づき、斜めにかけてあった古い槍をはずした。アブリウスは獣の咆哮《ほうこう》をあげてもがき、もがきつつ身体をなんとか仰向けにした。その片手はなおも剣を求め、もう片手はつかめぬ大地をさがし、口からは泡を吹き、顔を炎と同じ色に染め、目は今にも飛びだして落ちてきそうなほどだった。何かを言おうとしていたが、意味をなさないわめき声にしかならなかった。

わたしは彼の足のあいだに立った。

「これを覚えているか?」

と返事を期待せずに尋ねた。アブリウスはわたしの顔をようやくまともに見たのだろう、涎《よだれ》を流す唇が、おまえは、と形をなした。

「わたしは三十六年前に、おまえたちに滅ぼされたガライルの民のたった一人の生き残りだ。おまえはわたしの母をこの槍で殺した。小さな妹や弟を卵でもつぶすように拳で殴って殺した。亡骸をまるで丸太か大きなごみであるかのように放り投げて顧《かえり》みることもしなかった。わたしは母が痙攣する下で、おまえが得意げに笑うのを見ていた子どもだよ」

アブリウスの右手が、震えながらもようやくもちあがった。待て、待ってくれ、とわめいたが、舌がまわらなくなったのだろう、断末魔の犬の悲鳴にしか聞こえなかった。

「自分の命は惜しいというのか？　あれだけ殺しておいて。それはあまりに、都合がよすぎるな」

わたしはアブリウスの目の中の恐怖と焦りと絶望と、それからほんのわずかの後悔を堪能しながら、槍の穂先を彼の腹の真ん中にじわじわと押しこんだ。頭の中も半分つぶれているが、すぐには死ぬまい。たかが一刻かそこら長く苦しんでも、死んだ人々の生命のあがないにはなるまいが、これで満足せねばなるまい。

ようやく背後に足音が近づいてきた。わたしは槍から手をはなして肩ごしにふりかえった。

セブリウス、次いでアビア、〈白花〉が駆けこんできて、戸口で立ちつくした。

「……〈耳男〉……？　おまえだったのか！」

セブリウスのつぶやきをどこか遠いところで聞いていた。

黒蓮のまわりに群がっていた蝶たちが、身体の随所に広がりはじめていた。アブリウスに使った最後の魔法が彼らをわたしの芯に引きよせた。今度はわたしが彼らの餌食になる番だった。それに、手首からしとどあふれる血が、セオルを汚していく。

「……あんたたち、生命拾いしたな……」

わたしはよろめいてそのまま腰を落としつつ言った。

〈白花〉が近よってきて、腕にそっと触れた。闇に染まり、闇に食われようとしているわたしに、情をかけるというのか。奴隷の身であるということは、ほぼわたしと同じような悲惨な経験をしてきたであろうに、このように白き蓮さながらに、決して染まらぬ者もいる。彼女の涙顔のむこうに、わたしは小さな弟や妹の顔を見た。久しく忘れていた無垢の顔であった。

わたしは微笑んでみせた。

「〈白花〉――いや、ファーリ、おれの銀貨を取れ。それで自由になれ。自由になって故郷へ帰れ。自分の民を大切にするんだ。……滅び去ったガライルの民の代わりに……」

とその耳にささやき、わたしは目を閉じた。

光が射してきた。いつもの光とは違うようだ。金色で、より明るい。驚いたことに、黒蓮がしおれて枯れていく。蝶たちは霧となって消滅していく。まぶしくて直視できない。蓮の根が火にくべた麻の糸さながらに、ちりちりになっていく。

光のむこうに誰かが立っていた。誰だろう。片手をさしのべてくる。暗黒の神ではなさそうだ。この温かい感じには、おぼえがある。ずいぶん昔、幼い頃、いつもそばにあった。わたしはその手を取らなければならない。その手を取れば、むこう側に行けるのだ。幾多の罪を犯してきても、許されるというのだろうか。わたしのような一生を送った者にも、光は射してくる。そしてむこう側に誘ってくれる。

わたしは立ちあがった。十一歳の子どもの姿になっていた。明るく温かく光る手に、わたしは自分の小さな手をそっと重ねた。きょうだいたちのはしゃぎまわる声がまわりにはじけては消え、消えてはあらわれてまたはじける。わたしはそのやわらかい泡に包まれて、至福の一歩を踏みだした。


魔道師の身体が全身闇におおわれ、次いで金の網目が走ったかと思うや、無数の薄片と化した。それらは吸いこまれるように暖炉の火の中に飛びこんでいった。セブリウスには漆黒の花弁に見えた。火に焼かれてめくれあがり、煙となって昇っていく。不思議なことに、その煙は純白をしていた。

ひと冬をすごさずに、セブリウスはアビアをともなってペイルスの町を離れた。

〈白花〉は自由になった。セブリウスは無償で彼女を解放した。ファーリは故郷の村へと帰っていった。〈耳男〉の銀貨とアブリウスの琥珀の指輪が、この先しばらくは生活に困らない保障となるだろうと思われた。

事の全体像はさっぱり明確になってこないがために、心地悪い思いがつづいたが、二年もすぎるとやがて、そうしたことも人生の一部であると受けいれられるようになった。

この帝国暦三九九年の春、セブリウスは薬師として〈五つの丘の都〉の郊外に居を構えている。細かいことにこだわる彼には、薬草の量を計り、種類を組み合わせて特効薬となす作業はぴったりだったようで、喜んで仕事をしている。

婦人病に効く薬や子どもの病気に効く薬などを入れる小袋に刺繍したのが主婦たちの評判となって、アビアにも織物や刺繍の注文がまいこんできて、家計はそこそこに安心できるものになっていた。

二人は今、穏やかな暮らしを日々楽しんでいる。

とある反物商人の番頭がアビアに花をつんできたり、神経痛に悩まされている初老の婦人の娘とセブリウスが仲良く道を歩いていたり、今までにない光景が見られるようにもなった。

北の地では決して注ぐことのないやわらかな陽射しを浴びて、決して吹くことのない暖かい春の風に吹かれて、二人は生きていくことだろう。

魔道写本師

Scribe in the Darkness

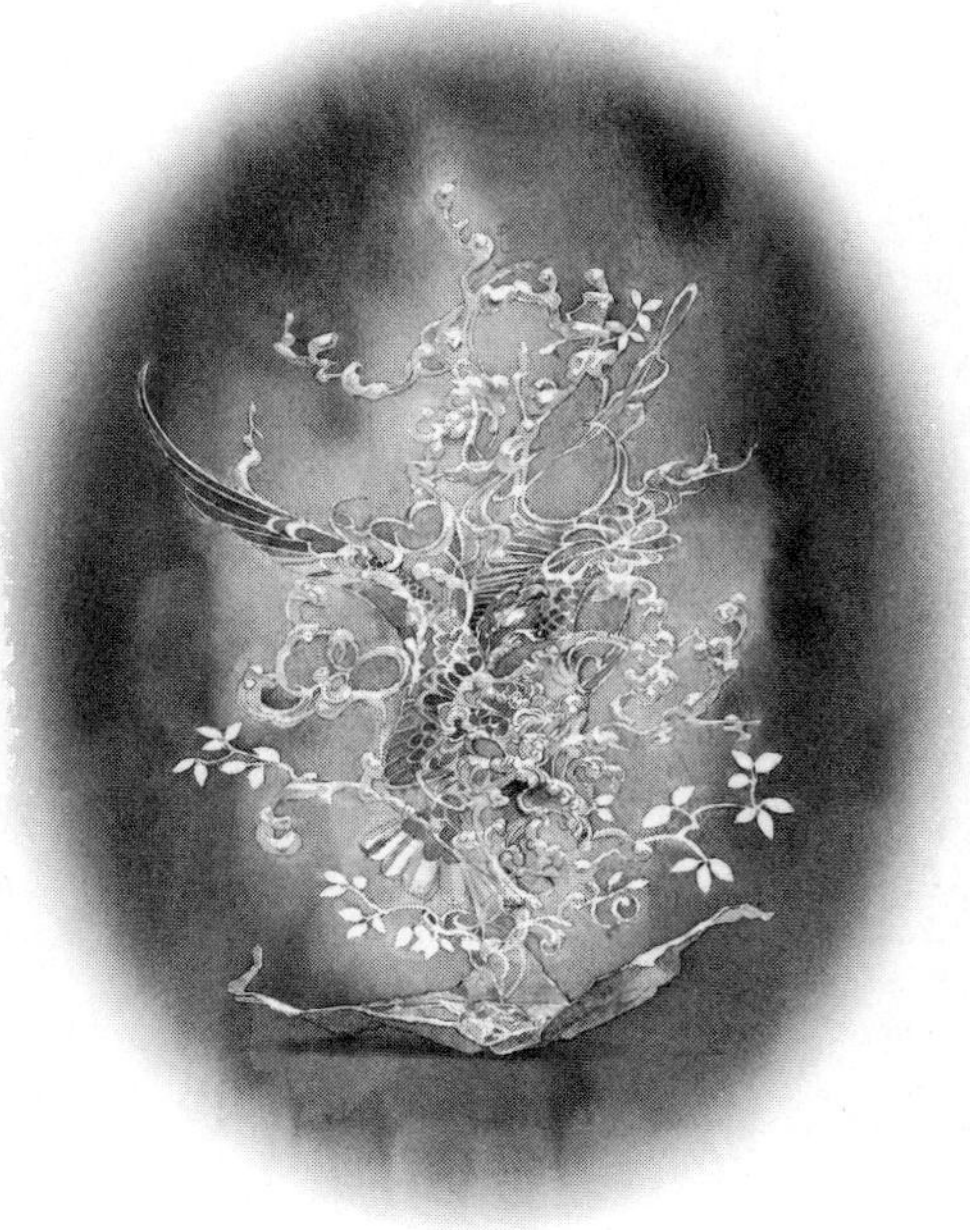

1

春まだ浅いナランナ海沿岸である。比較的南に位置するこのあたりは、穏やかなオレンジ色の陽射しが注ぎ、凪《なぎ》の海が青く輝いている。

小さな港町ナーナに寄せる波もちゃぷちゃぷと貝のつぶやき程度、停泊している幾つかの貿易船も荷下ろしを終えて、今は静かに積み荷を待っている。内陸からは日に五台ほど、荷馬車がやってくる。木材やら反物《たんもの》やら穀物やらを、パドゥキアやフォト、マードラといった国々から来た綿花や薬や果物、絨毯《じゅうたん》などと交換するのだ。そのときだけは、この寒村に堕《だ》した港にも、昔日のにぎわいが戻ってくる。

しかし今はちょうど昼すぎ、午睡をまどろむのに、暖かい風ものんびりとした恰好の時間、小舟に乗って商う漁師たちもそろそろ引きあげようかという頃合い。ゆるりとした空気に、波止場は身をゆだねている。

漁師が投げた魚に群がっていた猫たちが、ぴくりと耳を動かし、次いで半分ほど毛を逆立てた。平安なるひとときを破るようなちょっとした騒ぎが一角でもちあがっていた。男が二人、怒鳴りあっている。おりしも満腹に近い猫どもは、とっととその場を逃げだした。彼らにしゃべる口があるのなら、またはじまったとつぶやいたかもしれない。

二人の男の一方は年寄りの漁師、年をとっても衰えないきかん気で噛みつく。もう一人の方は二十二、三歳の若い男だ。地肌が見えるほど短く髪を切っている。高くがっしりした鼻梁《びりよう》をもっている。眉のあいだには年齢に似合わない深い二本の縦皺《たてじわ》を刻んでいる。古き良き時代、今はなきコンスル帝国の兵士のようだ。しかし、松の実形の目は別の民族の血がまじっていることを示している。口論をしている最中でも輿がった光を宿し、これは見た目どおりの男ではないと、わかる者にはわかるだろう。二人の周囲を漁師仲間や波止場のごろつき、客引き、荷運び人たちがとりかこんで、にやにやしながら見守る状況だ。

若い男はまくしたてている。そうすると何かい、わたしを泥棒と呼ぶのかい。ちゃんと金を払ったにもかかわらず泥棒呼ばわりとはずいぶんな話だな。そんなふうに商売をしていてよく客がつくな。客を泥棒呼ばわりして金をふんだくり、それで商売が成りたつんだから、大したもんだ。へぇー、ナランナの漁師っていうのはそういうのかい、よくわかったよ。

それに対抗する老漁師も大声で言いかえす。屁理屈を言うな。言いがかりをつけるな。さっさと行っちまえ。

さっさと行っちまえだって？　そうはいかない。面倒になったら追い払おうなんて、それは虫がよすぎるよ。よしこうなったらとことん腰を据えて、話し合おうじゃないか。金を払ったのに泥棒呼ばわりの、その了見について、一尾のスズキに二尾分の料金をふっかけた件について、犬猫じゃあるまいし、さっさと行っちまえと追い払おうっていう魂胆について。

老漁師の方は目を白黒させ、額に汗を浮かべながら、同じ科白《せりふ》を怒鳴るしかない。

とりかこんでいる人々はおもしろがったり呆れたり。ひそひそと言葉を交わす者もいる。

「またイスルイールか」

「またイスルイールだ」

「相手は誰だい。このへんじゃあんまり見かけない顔だが」

「隣町の偏屈じじいだ。半年に一度くらい、こっちに来て魚を売りつける。育ちのよさそうなのを選んでふっかけるんだ」

「イスルイールが育ちがいいっていうのは、どうしたもんだい？」

「一見そう見えるよな。だがあいつに捕まったら、はなしてもらえなくなるぜ」

「なんだ、それじゃどっちもどっちだ」

きゃはは、と笑い声をあげる。老いた漁師はいいカモを見つけたと、若い男に声をかけたのだろう。ところがこの若い男、イスルイールは、二月《ふたつき》ほど前に波止場近くに居を構えた写本師で、たまにやってきては魚を買っていく。つとにその名を知られるようになったのは、職業が珍しい写本師ということもあるが、むしろやってくるたびに難癖をふっかけ、漁師たちを閉口させているからだ。いっぺんで懲《こ》りた漁師たちは、なるべく余計なことを言わないように気をつけて取引する。金離れはいいので、それさえ注意すれば良客なのだ。また、毎日ここで働く連中にとって、イスルイールの起こす騒ぎは憂《う》さ晴らしでもある。当の本人も、言いがかりをふっかけて、議論をし、相手をやりこめるのを楽しんでいるらしい。それゆえ、

「つける薬はねぇな」

とにやにや笑いをし、

「またかよ。好きだねぇ」

と呆れ、

「近づかねぇにこしたことねぇな」

と言いながらも、おもしろおかしく見ている者も少なくない。

今日の犠牲者はそうした事情を知らない隣町の、これまた嫌われ者。さあこれからおもしろくなるぞ、と高みの見物を決めこむのは、一度や二度ほどどちらか片方にやりこめられた連中である。いつもならそれからまた一刻、わあわあと波止場をにぎわすところなのだが、

「ああ、お取りこみ中大変申しわけないが」

と、人垣を割って進み出てきた恰幅《かっぷく》のよい四十がらみの商人が、イスルイールに声をかけた。人々ははっと固唾《かたず》をのんだ。はたして楽しみを中断されて、むっとふりむいたイスルイールは、

「取りこみ中とわかっているのに、声をかける、見たところあなたも商人、商人ならわかるはずでしょう、取引中に口だしするとは」

と噛みついた。

「すみませんね、ご無礼は重々。しかしあなたはわたしの親戚にそっくりなもので、つい声をかけてしまいました。違ったら失礼を。しかしもしかして、アヴェナスなる御仁をご存じではあるまいか」

髭面の商人は、太い首と太い胴の生粋《きっすい》のコンスル人である。しかし着ているものは詰め襟の厚い上着、鮮やかな刺繡《ししゅう》の縁どりの高価なもの、おそろいのズボン、縁なし帽、革の長靴、これらはペレスの民の服装である。隣にはむっつりとしていかにも不機嫌そうな十五、六歳の少年を引き連れている。

イスルイールは思いあたったように、あ、と声をあげた。髭面商人は微笑んでうなずいた。

「おお、おお、やはり、そうらしい。ペレス市のアヴェナスはあなたの父上だろう」

イスルイールの口元にも渋々だがなんとなく笑みが浮かんだ。商人はつづける。

「若き日の父上にそっくりだ。瓜二つゆえ、遠目にもすぐわかった。いやあ、奇遇奇遇、わたしはヨウデウス、これはわれら三人兄弟の末の弟の子どもで、名はウィンデル、あなたとは従《い》兄弟《とこ》になりますな」

イスルイールの笑みは次第に深くなり、松の実形の茶色い瞳にいたずらっぽい光がまたたいた。

「あなたの父上アヴェナスは、我が種違いの兄、もう二十年以上前に家を出たきり音信不通であったが、いや、不思議なこともあるものだ、こんなところで縁《ゆかり》の人と出会えるとは。父上はお元気か。ここにおられるのか」

イスルイールはいまや満面の笑み、そしてゆっくりと両腕を広げた。これには周囲もびっくりした。あのイスルイールが、両手を歓迎の形にひらいて、いかにもうれしそうな笑いを見せるとは、驚天動地、明日は雪が降るやもしれん。

ヨウデウスと名乗った商人も、初対面にしては馴れ馴れしいこの振る舞い、叔父に対するというより対等な相手に対するような態度に戸惑いを覚えたらしい。ちょっと眉をひそめ、よくよく顔をのぞきこみ、その瞳の中に躍る光に気がついて、髭を震わせた。

「まさか……まさか？　よもや……そんな……」

さらに躊躇《ちゅうちょ》しているのに、イスルイールはゆっくりと近づいていった。

「確かに二十数年ぶりだな、セカル（ペレスの民の言葉でちびすけの意味）」

「本当に？　……まさしく……兄さん、か？」

「そうだとも。おまえをセカルと呼ぶのは、世界広しといえど、わたししかいないに決まっている！」

と歓声をあげられれば戸惑いつつも、兄さん、アヴェナス、とつぶやいて抱擁に応えるしかない。周囲も呆気にとられてこの妙な光景を見守る。

横幅も広い四十男が、コンスル人の面影を宿しているとはいえ、比べればはるかに華奢《きゃしゃ》な若者を兄と呼んで抱きしめている。どう見ても変だった。

やがて二人は互いをはなし、まじまじと顔を見やった。それから兄の方が片手をひらひらさせて誘った。

「我が家はすぐそこなのさ、セカル。二十数年ぶりに会ったのだ、もちろん寄っていってくれるだろうな。商談はすんだのだろう？　なら、あとは番頭に任せて、来いよ。そっちの……ええ……」

「ウィンデル」

「ウィンデル、そう、ウィンデルも。セリアウスの息子だな？」

「ああ、セリアウスの……三男だ」

「そうか、そうか。ちょうどスズキを四尾手に入れたんだ。注文したペレスの酒も昨日届いた。今日はもう仕事はなし、宴会といこう」

イスルイールは幅が自分の二倍もある肩に手をまわし、歩きはじめた。別の手にはスズキの頭が四つのぞく網袋を下げている。

二人のあとを驢馬《ろば》を引いた甥っ子のウィンデルがつづく。

野次馬たちもぞろぞろとその後ろについていく。

2

高波に備えて床が高くなっている町並みの一角に、イスルイールの家はあった。道路の反対側は断崖となって落ちこみ、三馬身下で海面が呑気な歌を歌っている。家々は斜面にへばりつくようにしてつづき、やがて常緑樹の森に変じている。森はこんもりと幾つかの丘をおおい、丘の先にはマグカップを伏せたような形の岩山が雪をかぶっている。窓辺に立って眺めているヨウデウスに、イスルイールは、あれはシギ山だと教えた。

「このあたりがもっと栄えていた頃、あの山の懐《ふところ》で毎年祭りが催されていたそうだよ。百年以上途絶えてしまっているけれどね。ちょうど今の時季、シギ山の頂《いただき》から流れ下ってくる雪解け水とともに、〈霧の竜〉が降りてくるという伝説があって、〈霧の竜〉を歓迎し、港の繁栄とナランナ海の穏やかなることを祈願する祭りだった。それが滞りなく行われれば、験《しるし》として虹の雨が降ったという。虹の雨が降れば、その年一年、ナーナの港は繁栄したと。しかし今では、祭りも行われず、〈霧の竜〉も降りてこない。虹の雨も降らず、細々とした取引がかろうじてつづいている、とね」

夕陽がナランナ海の水平線に沈もうとしていた。シギ山は金桃色に染まっている。

二人はすっかりできあがっていた。スズキ四尾にフェンネルを詰めて塩焼きにしたものを夕食に、麦酒を何杯もおかわりした。

スズキを調理し、酒壺を満たしたのはナイナという女の子で、砂色の髪に砂色の目、十二歳くらいの、どこにでもいる少女だった。ただ、頰と耳の境目に痣《あざ》があった。片方だけならまだしも、両方についているその痣は、鱗《うろこ》文様をなして、蠟燭《ろうそく》の光にきらりと銀色に光る。彼女はお相伴《しょうばん》をすませると、じろじろと無遠慮な視線をむけてくるウィンデルを避けるように、さっさと写本室に戻ってインク作りや、羽根ペン削りをつづけている。一言も口をきかなかった。

ぞろぞろあとをついてきた野次馬もいつのまにか姿を消していた。それでも彼らは、イスルイールの本名はアヴェナスで、ここからずっと北東の方に行った同じナランナ州のペレスという内陸の町の商家の出であること、腹違いの弟が二人いて、下の方がこのヨウデウスであること、彼はオルト麦とカラン麦を商う豪商であることなどの情報を仕入れたにちがいない。これらを言いふらして得意になるために、我先にと居酒屋や魚市場に駆け去っていったのだ。

まわりも静かになった。気持ちのよいそよ風に髭をふるわせ、赤ら顔となったヨウデウスは卓に戻った。どっかりと椅子に腰をおろし、杯を飲み干しておかわりを注ぎながら、それで、と言った。

「それでどうしてそんなに若いのだ、兄さんは。魔道師なのか？」

何気ないふうを装った質問だったが、黒い目がちかりと光った。イスルイールは気づかないふりをした。彼も嘘ではないが本当でもない返事をする。

「魔道師ではないよ。わたしは写本師だもの」

「写本師というのは、みんなそのようにいつまでも若いのか？」

「まぁ、そういう種類の写本師、なんだよ」

と口を濁《にご》し、

「それより、ペレスは少しは変わったのかい」

と話題を変える。

「ペレスの民の地位は少しはあがったかい？」

「まぁな」

ヨウデウスは椅子にふんぞりかえるように上半身をそらした。ウィンデルはその隣でちびちびと酒をなめ、もの思いにふけっているようだ。

「嘆かわしいことだ。昔はよかった。ペレスの民はペレスの民、コンスル人はコンスル人、とはっきりしていた。今じゃ、かつての奴隷は主人面をしてのさばっている。麦商人の半分はペレスの民となってしまった。まぁ、先駆者は兄さんの父さんだが、早くに亡くなってさぞかし残念だろうよ。こんな時代が来るとは誰も思っていなかった」

他の者がこんなことを言ったら、イスルイールは許しておかない。身を乗りだして手ぶり身ぶりをまじえてまくしたてる。そもそもペレスの地はペレスの民のものだった。それを版図拡大したコンスル帝国が蹂躙《じゅうりん》し、隷属《れいぞく》せしめた。自由の民であり平安と繁栄を享受していたペレスの土地を、武力で圧倒し、一方的に賤民《せんみん》と定めて隷属させたのはコンスル人である。

征服された民族の運命は決まっている。コンスル人が入植してきて、女子どもまで奴隷として売り買いされた。ペレスの民はコンスル人の持ち物として扱われた。コンスル人の財産の一部となり、奴隷の供給を途切れさせないために見知らぬ者と結婚させられ、子を産んだ。家畜同然の扱いである。言うことをきかぬ者、従順でない者、役にたたぬと決めつけられた者は鞭《むち》打たれ、売り飛ばされ、最後は遠い土地や鉱山で働かされた。有能な者や抜け目のない者の中には、小金をためて自分自身の自由を買う者もいたが、どのようにのしあがろうとも、所詮ペレスの民はペレスの民でしかなかった。ペレスの地を支配する地位にはのぼることがかなわなかったのである。

しかしそれもとうとう崩れる日がやってきた。長い年月の末に、コンスル帝国は弱体化し崩壊した。ペレスの地に定住して土着の民同様になったコンスル人と、奴隷の身に甘んじていたペレス人の境界も次第に曖昧《あいまい》なものとなった。イスルイールはそのよい例である。父はペレス人、母はコンスル人だった。しかし変革の波が起きれば、対抗する防波堤も高くなる。既得権を持つコンスル人たちの大多数はこれをよしとしなかった。結局、彼の父は命と財産を奪われた。表むきは事故死となっているが。母は親戚から押しつけられたコンスル人の男と再婚した。それが弟の父である。

イスルイールは肘をついて頬を支え、ふうむ、と吐息をついた。ヨウデウスにこんなことを言っても仕方がない。

「あの家はわたしのいるところではない、という感じがした。わたしは商売人にはむかない、と思った。おまえには悪いが、義父さんのそばにいると自分まで腹黒く染まりそうだった。自分が何をさがしていたのかはわからなかったが、とにかくここにはない、ということだけはわかっていた」

ヨウデウスは首を振った。彼には理解できないだろう。何もない目の前に、突然ある確信があらわれるなんて、経験した者でなければ信じられないことだろう。

「それで、家を出てからどこにいたのだい」

「山越えしてフェデレントまで。そこまでがやっとだった。道は草に埋まり、盗賊も跋扈《ばっこ》するようなご時世だ。都市を離れたら危ないと思ってフェデレントの都でしばらくいろいろやったけれどね、どれも長つづきしなかった」

「兄さんは変なところに凝るわりに、抜けてるところがあったからなぁ」

「そうさ、不器用で、そそっかしくて、飽きっぽい。自分でもわかっている」

ヨウデウスは天井をむいて笑った。

「それで、写本師になれたっていうんだから、不思議なこともあるもんだ。どうしてなれたのか話してくれよ」

「フェデレントの都フェデルは大きな市《まち》だった。コンスル帝国は滅び、イスリルのたびかさなる侵略でぼろ布同然にちぎれてしまったたくさんの都市の中で、生き延びて復興を遂げつつある市の一つだった。その点ではペレスと同じだが、ペレスより進んでいたね。

わたしはいろいろな仕事に就いたがどれ一つとして長つづきしなかった。何かにはなれるだろうと思って試したのに、何者にもなれない一年がすぎた頃、嵐を避けるために飛びこんだのが写本師の工房だった。怖そうな親方がそう、ちょうど今のおまえのようにふんぞりかえっているのが稲光に浮きあがったときには、さすがに肝が縮んだね。それがきっかけさ」

「そのまま弟子入りしたのか？」

「そのまま弟子入りしたよ。行くところがないと言ったら、住みこみで働けと言われた。寝るところと食うものさえあれば生きていけたからな」

「それだけは、長つづきしたのだな」

「はじめの半年は簡単だった。インクを作ったり、ペンを削ったり、切り落としの羊皮紙をまとめたり、店や机の上を掃除したり。ほかに二人、同い年の子がいて競争みたいだったのもおもしろかった。大きい工房で、写本師が親方も入れて十人もいたから、仕事は山ほどあった。ちょうどその頃、フェデレントも改革期で、注文がひきもきらずだった」

「いまどき珍しい」

「一年たった頃から少しずつ写本の練習をはじめたが、やっぱりわたしはできそこないだったよ。不器用だし、そそっかしいし、すぐに投げだす。長つづきしない。兄弟子たちもやがて気づいて、ろくに教えてくれなくなった。悪循環さ」

「それでもつづけた？」

「辞めようと決意した。荷物をまとめて翌朝工房に行くと、なんと同い年の一人が昨夜のうちに逃げだしてしまっていた。わたしより器用で、よく兄弟子たちから褒められていた子がね。その騒ぎの中では、辞めるとは言いだせず、一日のばしにして数日たったとき、さらにもう一人辞めてしまった。残ったのがわたし一人では、雑用がたまってしまってね、考える暇もなく一月《ひとつき》がすぎた。必要に迫られるということは、ヨウデウス、人の心をずいぶん変化させるものだね。一月《ひとつき》がすぎたとき、さすがに整理整頓が上手になり、ペン削りやインク作りもちゃんとこなせるようになっていた。肝心の写本の習作もなんとか一枚書きあげられるようになった。今までは五行も書けなかったのにね。できあがりはそう褒められたものではなかったけれど、それでも一つのことを最後まで成しとげた、はじめての経験だった。わたしにもできたではないかと自己満足したね」

「それがきっかけだったんだ」

「そうだよ。もしかしたらわたしにもできるかもしれない、そう思った。とにかく一月《ひとつき》頑張ってみよう。一枚書けるようになったのだから、今度は出来映えをよくするように努力しようとね。そのうち、なんとか見られるものを書けるようになった。兄弟子たちは陰口を叩いていたがね。一番使いものにならないやつが残ったとか、無意味な努力だ、とかね。けれど以前ほど傷つかなかったよ。やるべきことはやっていると思っていたから」

「そういう世界なのか」

「おまえには想像もつかないかな」

「わたしはただ、父と兄のあとをたどって商人になったようなものだからな。しかし飽きっぽい兄さんが、よくぞつづいたものだ」

「生まれてはじめておもしろい、と思ったのだよ」

イスルイールは真面目な顔でうなずいた。おもしろい、と気づいた瞬間を覚えている。頭頂から目の奥に、何か光弾のようなものがぽんと投げこまれた感じだった。そうか、おもしろいとは、こういうことかと悟った。跳ねかえった光を心が吸収していくのがわかった。

「そうやってまた一年たった。新しく年下の弟子たちが四人入ってきた。そのうちの一人はずいぶん有能なやつでね、わたしが一年かけてやっと登ったところまで二月《ふたつき》で達してしまった。それを見てがっかりしたね。今まで自分がしてきたことは一体なんだったんだ、と思った。兄弟子たちの嫌がらせが再燃したよ。無能なやつはさっさと出ていけ、と無言の圧力がかかった。熱意が冷めていった。簡単な仕事は任されていたが、それさえどうでもよくなった。そんな投げやりな気持ちではろくなものができない。ある日、親方に呼ばれたよ。よくて叱責、悪ければクビだろうと思った。もう辞めてやろう、結局わたしは何にもなれない、兄弟子たちの言うとおりのだめ男なんだ、と思って親方の部屋に入った。

ところが、親方がわたしを呼んだのは怒るためではなかった。一冊の分厚い本をよこしてね、何年かかってもいいからこれを全部そのとおりに書写しろと命じられた。びっくりしたよ、こんなに厚いんだ」

イスルイールは親指を立ててみせた。ヨウデウスは杯を傾けるのも忘れ果てて、身を乗りだして聞いている。

「それは、すごいことだな。何年たっても、だって？　いやはや！」

「できない、と言おうと思ったが、言えなかった。できそこないのわたしに、これを渡して写せと言う。それだけなら体よく追い払う口実だとかんぐっただろう。だが、『何年かかっても』と言うのだから、本気だと感じた。おっかない親方の本気を受けとめなければ、わたしは一生後悔することになる、と直感した。それで、その厚い本をかかえて工房に戻ったんだよ」

ヨウデウスは溜息をついた。

「それはなんという本だったのだい？」

「『ギデスディンの魔法大全』。本を使う魔道師が著した、何冊かの魔法書の分冊をまとめたやつだった。で、その本を使って魔法を発動させる」

ヨウデウスはまた首を振った。

「とても信じられんことだな」

イスルイールはにやりとした。

「書き写しながら、わたしもそう思ったよ。この頁《ページ》の何行めを指で押さえてこれこれの呪文を唱えよ、とか、物を空中に浮かべるには何頁を破って火にくべよ、とか書いてあるんだよ。それはギデスディンの魔道師にしかできない魔法だとわかっていても、やってみたくなったりした」

ヨウデウスもにやにやした。

「やってみたんだろう」

「むろん。だが、もちろん魔法は発動しなかった。当たり前だけどね。しかし、もっとおもしろい話があるんだ。中には絶対できるはずがないっていうのも書いてある。『人を呪い殺そうと思うのであれば、この魔法を使うがよい。三頁後に描かれている狼の絵を切り取り、兎に食べさせせよ』とかね。書き写しながら、これは嘘だろ、呪殺をたくらむ魔道師をからかってるんじゃないかって吹きだしたこともある。砂浜の砂十粒と海の水一滴と生まれたばかりの赤ん坊の最初の涙一滴をあわせて呪文を唱えれば、相手を思いどおりに動かすことができる、というのもあった。知ってるかい？　生まれたばかりの赤ん坊は泣いてもあんまり涙を流さない。とうてい無理なことをわざと書いて遊んでいるみたいだったね」

ヨウデウスは膝を打って笑った。

「途中まで写して、前に書いたのを見ると、なんだこれは、こんなできそこない、と感じることがしょっちゅうあったよ。それでまた最初から書き直し。親方が言うように何年もかかるな、と覚悟を決めた。その頃から、誰が何を言ってもまったく気にならなくなった」

「書き終えたのかい」

「三年かかったよ。最初の一頁は五百回も書いただろうな。最後の一頁は一回で満足できた」

ううむ、とヨウデウスは唸った。最初の一頁と最後の一頁。そのあいだにある何百何千という頁に費やした労力を想像していたのだろう。

「実は二年めのある晩、不思議なことがあってね」

「ほ、ほう。どんな?」

「一休みして原本を何気なく眺めていたら、文字が浮きあがってくるんだよ」

「文字が、浮きあがる?」

「文字の一部がね、空中に浮いて見えた。魔法にとって大事な言葉だけが。たとえば煙をかける、とか、ナランナ海の光、とか」

「それは面妖な。……それで何かあったか」

いいや、何も、とイスルイールは首を振ったが、実はあったのだ。突然ひらめくものがあった。言葉に力がある。言葉そのものが力をもっている。そう悟ったのだ。

彼は羊皮紙の切れ端に、蠟燭を消す、と書いてみた。それを右手にあった蠟燭の炎に近づけた。炎はわずかながら小さくなった。気のせいではない。

彼は『ギデスディンの魔法大全』のとある頁を思いだしていた。それも三百回は書いただろう。火を消すという項目の中、蠟燭の火を消すには、水色のインクで「火を消す」と書いて息を吹きかければよい、と書いてあった。ギデスディンの魔道師であれば、簡単なことだ。だが、言葉自体に力が宿っているのだとしたら、魔道師でなくてもできるのでは？　正しい材料、正しい書き方、正しいやり方で書けば？

紙とインクとペンの組み合わせだけで幾通りもある。できうる限りの組み合わせを試した。一晩、二晩が一月《ひとつき》になり、一月《ひとつき》は半年になった。それでもイスルイールには楽な仕事だった。ギデスディンの魔法書に手がかりが書いてある。魔道師の力の代わりに、写本師としての力量とさらにそれを突き抜けたものが必要だっただけだ。本能は、昏《くら》い情熱がいる、と告げた。闇がいる、闇が突き抜けるものだ、と。

ペレスの民の血を引いていたことが鍵になった。幼い頃から、半分ペレスの民で半分コンスル人であるというどっちつかずの扱いを受けてきた。コンスル人からは蔑視され、ペレスの民からは嫉妬と羨望を集めて育った。それに、商家であったこと。きれいごとばかりではない、商いの裏側を人の悪い養父のふるまいからかぎとっていた。さらに彼自身の自己否定の歴史。暗いよどみ、人生の澱《おり》、影となって目の端にちらつくもの、それらすべてが力となった。そうしたものを退けず、そうしたものをおのれの一部とし、そうしたものには何一つ無駄なものはなかったのだと受けいれたとき、魔法がかかった。かかったとすぐにわかった。水色のインクを三月の雨で薄め、古い羊皮紙にコンスル文字斜体で、消えろ、とただ一語、書いたものをかざすと、目の前の蠟燭だけではない、周囲の蠟燭の火も暖炉の火も消え、月でさえ群雲に隠れた。写本で魔法を行う魔道写本師の誕生の瞬間だった。

夜中にさまざまな実験をした。はじめは無生物、見えているのに見えなくする方法、あるいはその逆、次に植物、花を咲かせたり実をならせたり、あるいはその逆、最後に動物、猫を招きよせたり遠ざけたり、そして人、と実験は広がっていった。

「気がつけば、わたしはあらゆる技術をもった写本師になっていた」

「夢中になれるものが見つかったのだな。親方はそこまで見越していたのだろうか」

「おそらくね。親方は良い教師でもあったからなぁ。誰がやりとげ誰が竜となるかわかると話してもくれたよ」

「すごいじゃないか！　兄さんは竜になったわけだ」

イスルイールはかすかに赤くなった。

「トカゲ程度だろう」

実際はそんなものではなかった。親方は『ギデスディンの魔法大全』の全葉がようやくできあがったのを見て、再び彼を部屋に招いた。そして、彼がひそかに実験し、書き散らしていたものの一枚を指のあいだにはさんで、魔法に気づいていることを示した。そしてその魔法を発見したのが実はイスルイールが最初ではないと告げた。一心不乱に技量を高め、おのが内に鬱《うっ》屈《くっ》した闇をもっていることを知る者だけが引きよせられる道、求めた者だけにひらかれる闇の道だと言った。親方も魔道に身をひたした写本師、〈夜の写本師〉の一人だったのだ。

ヨウデウスは立ちあがったが、酔いがまわって上体を揺らしていた。それをウィンデルが手をのばして支える。この少年は、酒盛りのあいだじゅう、ほとんど口をきかなかった。問われれば答えたが、それもごく短い無愛想な返事にすぎなかった。ペレスの血のまじっている伯父となど、かかわりたくないということか、それとも単に世の中に反抗しているだけなのか。年頃としてはちょうどそんな時期ではある。それでも、イスルイールが気になったのは、彼の目つきだった。上目遣いに人を見る。それでいて決して目を合わせようとはしない。こちらの視線がむくと、素早く横目になるのである。そして常に不満気にへの字になっている口元。それがわずかにあがり、目の底にちかりと光がまたたくのは、ヨウデウスの話が商売や儲けの話になったときだけだった。この甥っ子は信用ならない、と思った。何をすねているのか、それとも育ち方がひねたものだったのか。

ヨウデウスは手をひらひらと振った。

「見せてくれよ、その、兄さんの仕事。わたしは明日には帰る。記念に、兄さんの手になるものがほしいな」

燭台を持って奥の方へと歩きかける。イスルイールは仕方なく案内した。

奥の間はまた床が一段高くなっている。大机が二つ、写本台は三台、棚には原本と写本ずみの本が四冊。採光用の窓にはおろし板がおろされている。大机の上には地図やら羊皮紙の葉のまだ切り離されていないものやらが広げてあり、インク壺やいろいろなペンも雑然と置かれている。

ナイナは隅の方で切り取った葉に薄く線を引いていた。彼らを認めると、少しばかりおびえた表情になり、両手を膝の上に落としてしまう。

「人見知りする子だな」

とヨウデウスは巨体を柱にもたせかけるようにして笑った。ウィンデルもじっと彼女を品定めするかのような目つきで見つめている。

「弟子なのか？」

「いや。迎えが来るまで預かっているのだよ」

「迎え？」

まぁね、とイスルイールは口を濁した。ヨウデウスは興味を失って、視線を広げられた地図の方に移した。身をかがめて、灯りを近づけ、自分のいるところをさがしはじめた。酔っているので指先も視線も定まらない。それでもようやく、ここだ、とナランナ海に出っ張っている一点をさがしあてた。そこからさらに、自分の町を指でたどって見つけ、満足したようだった。彼は上体を起こし兄に笑いかけた。

「わたしは一年に一度、いや商売がうまくいくようであれば二、三度、ここに来ることになるだろう。兄さんはずっといてくれるんだろう?」

イスルイールはいや、と首を振った。

「ここにはあと少ししかいない。今の仕事が終わって本を納品したら、よそへ行こうと思っている」

「行くあてがあるのかい?」

「パドゥキアへ行こうと思っている。むこうには世界中の写本を手がける工房が幾つもあるそうだ」

「パドゥキア! ずいぶん遠いな」

イスルイールは微笑んだ。

「手紙を書こう。届くには半年もかかるだろうが、お互い無事であることがわかるはず」

「……あの子にお迎えが来たら、出かけるのかい?」

「そうだよ。そしたらわたしもまた、旅に出る。義父と母に息災に、と伝えてくれ。それからおまえたちの商売がうまくいくように」

ヨウデウスはうなずくと、酔眼であたりをもう一度見まわし、ウィンデルの肩に腕をかけた。二人はよろめきつつ戻っていく。その途中でウィンデルがちらりとふりかえり、イスルイールの視線とぶつかってあわててうつむいた。

イスルイールはその背中を見ながら首をかしげていた。二人はナイナをちらちら横目で見ていたな。あの痣が気になったのだろうか。
ヨウデウスとウィンデルはそのまま外へと出ていった。
イスルイールは宿に帰っていく弟を見送り、しばらく戸口にたたずんでいた。
ナランナ海の春の風が気持ちよかった。

3

その夜遅く、家中に響く轟音《ごうおん》で飛び起きた。泥棒よけの警戒結界が破られたのだ。貴重な本を目当てに忍びこもうとする輩《やから》は、大抵この地響きで肝をつぶし、逃走する。しかし今夜の賊は怖気ることなく第二の結界にも踏みこんできたらしい。イスルイールが手早く着替え終えたときに、二度めの轟音がとどろいた。

どうやらこれはただの盗賊ではない。とすれば、目当ては別のものか。

ナイナもすでに着替えを終えていた。おののきながらも声を出さず、しっかりと立っているのがありがたかった。

イスルイールは彼女の腕を取ると素早く段を登って写本室にすべりこんだ。歩きながら棚から羊皮紙の束を一つ取り、大机からインク壺をすくいあげる。奥の角まで行くと、少女を抱きかかえるようにしてうずくまった。羊皮紙の束から大急ぎでめくらましの葉をさがしあて、足先に蹴飛ばす。自分たちを見えなくする魔法の、ぴりぴりした感じが爪先から頭まで走った。

闇の中で少女を抱きしめ、落ち着いて、静かに息をするんだよ、とささやいた。少女は震えながら、うなずく。度胸がある。この年で、事態をしっかり把握して、立ちむかおうとしている。大したものだ。

魔法の鍵をかけていた玄関扉が破られた。あれを修復するのは難しいな、新しい扉を大工に作ってもらわなければ、などと思っているうちに、遠慮なく踏みこんでくる数人が床を踏み鳴らした。

「隠れる場所はそう多くないはずだ！　しらみつぶしにさがせ！」

聞き覚えのない声が叫んだ。威厳はあるが若い声だった。前の部屋がめちゃくちゃにされる物音を聞きながらイスルイールは歯を食いしばった。くそっ、麦酒の壺まで割らなくてもいいだろうに。壺の中に隠れたとでも思っているのか。

写本室に二、三人が駆けあがってきた。松明《たいまつ》の灯りは三つ。大机の下を調べ、写本台のまわりを調べ、蹴飛ばして倒す。具合のちょうど良い写本台を作ってもらうのにどれだけ手間暇かけたことか。拳《こぶし》を握って耐える。男たちは床を鳴らして部屋中駆けまわり、

「どこにもいないぞ！」

と口々に叫んで去っていく。やれやれ、一嵐すぎたかな、乱暴狼藉《ろうぜき》の輩にはあとで必ず酒壺と写本台のつけを払わせてやる、と考えていると、みしり、と足音がした。また誰かが階段を登ってくる。

「誰もいませんでしたよ、ハインさん」

むこうの部屋で弁解がましく誰かが叫ぶ。すると、あの威厳を含んだ若い声が、

「わかっている。外で待て」

と答えた。イスルイールはぞくりとした。一歩一歩あわてることもなく、ゆっくりと階段をあがってくるその自信に満ちた足どりもさることながら、彼の左手の上にともっているのは、松明でも蠟燭でもない、青白くまばゆい鬼火だった。

魔道師。御大自らのご出馬か。

魔道師は写本室に一歩入ると、まず部屋全体をぐるりと見渡した。それから大机、棚、無残に横倒しになった写本台のまわりを歩きまわり、部屋の四角を丹念に調べはじめた。

少女はさらに身を縮めた。それを腕の中に感じながら、イスルイールは鳥肌を立てつつも、皮肉な笑みを浮かべた。自らが出張ってきている、ということはよほど切羽詰まっていることにほかならない。ここを切り抜けることができれば、なんとかできそうだ。

魔道師が近づいてきた。二人はしっかりと抱きあって息を殺した。鬼火は自分の魔法をあからさまにするだろうか。それともこちらの技量が勝って、だましおおせるだろうか。

魔道師は鬼火を上下に動かし、ぎろぎろと目も動かした。威厳のある若々しい声とは裏腹の顔である。狐を髣髴《ほうふつ》とさせる輪郭《りんかく》、高い鉤鼻《かぎばな》、幅広い口、顎にはごま塩の短くまばらな髭、落ち窪んだ目の周囲が赤くただれている。かつては凜々《りり》しかった眉毛も薄くなって白髪まじり、髪はべとついている。

呼吸が迫ってくる。鼻を悪くしているのだろう、口で息をしている。リンゴが腐ったような臭いがする。少女はイスルイールの方に顔を押しつけた。イスルイールは臭いに耐えて相手をにらみつけた。

魔道師はまともに彼の目を覗きこんできた。彼は唇を真一文字に引き結び、まばたきもしない。魔道師の視線はしばらく留まっていたが、やがて上方に少しずつそれていく。イスルイールはそっと息を吐き出した。直後に、また血走った目が戻ってきた。イスルイールは一瞬息を止め、それからゆっくり静かに空気を吸いこむ。血走った目はふっと光を失って遠ざかった。

鬼火はさらに周辺をさまよい、魔道師の足はぎしぎしと床で音をたてた。だがもう、大丈夫だろう、すぎていった、と安堵した。身体をゆるめて警戒を解きかけた。すると、魔道師の爪先は再びこちらにむいた。一歩、二歩、三歩、近づいてくる。あと一歩で足と接しそうだ。イスルイールはできるかぎり膝を引きよせた。魔道師はその一歩を踏みだしてきた。その視線は上方にむいている。どうやら蜘蛛《くも》の巣を調べているらしい。イスルイールはインク壺に指を突っこんだ。そして魔道師の爪先にそっと簡単な図形を描いた。杯の印。二人をつなぐ印。これで、イスルイールが望めば、相手の居場所の見当がつく。靴は黒、インクも青っぽい黒なので、見えないだろう。

はたして魔道師は気づかなかった。蜘蛛の巣に怪しいところがないとわかって退いた。もう一度くるりと室内を見渡し、腹だたしげな足音をたてながら戸口にむかった。

「逃げる暇などなかったはずだ！」

と彼は隣の部屋に待機している男たちに怒鳴った。

「何か、からくりがあるにちがいない。火をかけろ！　あぶりだしてやろうではないか」

少女は身をこわばらせる。イスルイールは安心させるようにぎゅっと抱きしめると、立ちあがった。無言で彼女の手を引っ張り、様子をうかがう。

魔道師は怒りに任せて階段をおり、隣室を横切って玄関まで行ったようである。しかしまたそこで立ち止まって目を配ったらしい。一呼吸の沈黙ののち、火をはなて、と聞こえよがしに叫んで出ていった。

イスルイールは素早く階段まで移動した。床板に爪をかけると、一枚が容易にはずれた。ちょうどそのとき、家の中に松明が投げこまれた。彼はさらにもう一枚はずし、枠板の一番細いものに一枚の羊皮紙を押しつけた。魔法がかかって木が半分溶けた。それを足でなんとか蹴飛ばすと、木枠は木っ端となって飛び散った。

松明は床板を焦がしはじめ、煙が充満しだした。イスルイールは階段にぽっかりとあいた穴に少女をおろした。少女は泣きべそをかきながらも身の丈二つ分落下してなんとか着地した。炎が板目に沿って走るのを見届けてから、イスルイールもあとにつづく。大切な本には保護魔法がかけてある。焼けることはないだろう。しかし、この借りはちゃんとかえしてもらうからな、と誓った。

階段下は、写本室の床下まで空間を作っている。何年かに一度、高波がここまで押しよせてくることがあって建物全体が高床になっている。普段はじめついた地面に、ぼやぼやと草が生えている。ネズミも走りまわるし、陽射しを嫌う虫たちもうごめいている。イスルイールと少女は炎に追いたてられるネズミどもと一緒に、床下を抜け、森へとつづく斜面をあがった。足元がすべる。泥だらけになりながら、這うようにして、森の際のハリエンジュの根元にたどり着いた。

光と熱にふりかえると、家は業火に包まれて、炎の朱色に軒先や柱が黒々と浮かびあがって見えた。

二人は互いに抱きあって、燃え盛る炎をしばし呆然と見つめていた。

イスルイールは二十数年前を思いだしていた。家を出て、写本師の工房で修業し、〈夜の写本師〉の親方の話を聞き、はじめて他人のために魔法を行うことになったときのことを。依頼はちょっとしたぼや騒ぎが起こるように、というものだった。そのあいだに依頼主は何かよからぬことをしようというのであろう。しかし穿鑿《せんさく》はできなかった。そうした依頼者の要求に応えるのが〈夜の写本師〉や魔道師たちの仕事なのだから。彼らの影を肩代わりする覚悟で闇に生きるのだから。イスルイールははじめての仕事に張り切った。最高の力をこめて一葉の呪符を書き、依頼主に手渡した。結果はぼや騒ぎどころではなかった。フェデルの街中で、館を焦がす炎は、ちょうど今の彼の家と同じように噴きあがっていた。あの光景は一生忘れないだろう。幸い、よからぬことをたくらんだ依頼主にも、火事にあった家の人々にも、死者や重傷者は出なかったが、はじめての仕事の失敗を、忘れることはできない。目蓋《まぶた》に炎は焼きつけられ、彼は二度と同じ過ちはすまいと決意したのだった。今またあのときと同じ炎を目にして、彼は再び決意した。なんとしてもこの依頼はやりとげよう。ナイナという名のこの少女が、正しい姿を得られるまであと少し、なんとしても守ってみせよう。

彼は少女をうながすと、木々のあいだに身体をすべりこませた。炎の音にまじって、あの魔道師の怒鳴り声が聞こえてくる。黒い煙と絡みあったそれは、臭気となって記憶に刻まれた。

4

二人は森を抜けて町の南側から波止場へとまわった。真夜中すぎの月は煌々《こうこう》と照っている。波の音は相変わらず岸壁に寄せるちゃぷちゃぷという呑気なもので、月明かりに浮かびあがる幾隻かの商船も静かに揺れていた。

その中に、喫水線《きっすいせん》の浅い船を見つけた。弟が運んできた穀物を積んで出港する予定の貨物船だが、今はまだ荷待ちの状況なのだ。船乗りたちは見張りを残して、全員酒家にくりだしているると、イスルイールはふんだ。渡り板が渡したままになっている。灯りがその上で所在なげにまたたいている。

見張りはそのそばに椅子を持ってきて、当番にあたったおのれの不運を呪いながら葡萄《ぶどう》酒の革袋を傾けている。イスルイールは懐から羊皮紙の切れ端を取りだした。相手が酔っ払いであるのならいつもよりはやさしい。その呪符には円を組み合わせた図の上に、眠りの文句をマードラ文字で書いてある。じっと見つめさせれば、しばしのあいだ、眠らせてしまう代物である。酔っ払いであれば、数呼吸で人事不省となるだろう。

切れ端を身体の前にかざしながら、反対の手で少女の手を引き、ゆっくりと渡り板を登っていった。はたして、なんだ、おまえは、と足音を聞きつけた見張りが半身を乗りだした。ちょうどカンテラの灯りが切れ端を照らし、見張りは眉をひそめながら読めない文字と奇妙な図の組み合わせを一瞥《いちべつ》した。

数呼吸、とイスルイールはふんでいたが、あっという間だった。見張りはたちまちぐにゃりと、舷《ふなばた》に上半身を預けてしまった。

二人はそのそばを通って静かに船長の部屋に侵入した。イスルイールは机の上に、持ってきた羊皮紙の束を広げ、使えそうなものとそうでないものを選り分け、数枚にはなにやら書き足し、また新しく数枚を書いた。ナイナはそのあいだ、彼を煩わせることもなく、寝台の上に腰かけて膝をかかえていた。手早く作業を終えたイスルイールは少女を船倉の荷籠の奥に隠し、さっき使ったためくらましの札を持たせた。

「荷積み前までには必ず戻ってくる。我慢して待っているんだよ」

少女はしっかりとうなずいた。イスルイールは再び感心する。普通の女の子は恐慌をきたすか泣きだすかするところだ。彼女は必死に耐えぬこうと頑張っている。大したものだ。

甲板にあがり、かすかないびきをかいて眠りこむ見張りのそばを抜け、渡り板をおりた。傾きかけた月は静かな波との逢引の歌を歌っている。物の影が皆青金色に浮きあがり、朧《おぼろ》に陰との境をつくっている。その光の下でしばし立ち止まった。目を閉じて静かに待つこと数呼吸、糸で引っ張られるような感触を爪先に感じた。魔道師の居場所はそっちだ。

イスルイールは波止場の小路をたどっていった。両側に安宿や居酒屋や倉庫が集まっている。野良犬がこそこそと残飯をあさり、野良猫と縄張りを分けあっている界隈《かいわい》だ。爪先はさらにその先のナーナの有力者たち――船乗りや貿易商に一目おかれ、港湾権を手中にし、特権と責任をになっている二、三人――の屋敷町をすぎ、彼らと親交をあたためたいと願うよその商人や成りあがり者に箔《はく》をつけるために建てられた高級宿に行き着いた。

大理石の柱とコンスル様式の正面玄関をもった建物の広い石段の前には、ちょっとした広場がある。建物とは反対側の隅っこで、宿にはばかるように焚き火を焚いて、数人の男たちがたむろしていた。真夜中を少しすぎている。酔っ払いも酒屋の卓につっぷすような時刻に、燃え盛る炎のまわりでうろつく様は、どう見ても無頼《ぶらい》の輩である。

イスルイールは広場の手前で足を止め、耳をすました。

時折話し声がする。さっきの襲撃の際、顔はわからなかったが、声は覚えている。あの威厳のある若い声はないが、報告していた声が聞き取れた。イスルイールは割られた酒壺と蹴り倒された写本台を思いだした。

誰かが何かを言って、大笑いをしている。火のまわりをぶらついて、互いに揶揄《やゆ》しあっている。だが、酒は入っていないようだ。

イスルイールは両方の手にそれぞれ一葉ずつの羊皮紙を握りしめて、広場に足を踏みだした。大股で彼らの方に近づいていく。

間もなく彼らは気がついた。兵士崩れにも見えるイスルイールに不審な目をむける。

「なんだ、てめえ」

と眼光鋭く、一人が睨んだ。もう一人が火の後ろからまわってきた。

「兄さん、なんか用か」

イスルイールは右手の羊皮紙を男に手渡した。

「ハインさんからの新しい指示ですよ」

おい、誰か、字が読めるやつはいるか、と怒鳴りながらも男はそれを受けとった。何々、と別の一人があらわれて、広げたものを火にかざして二人で覗きこむ。そのあいだにイスルイールは左手の羊皮紙を焚き火に落としこんだ。

絶叫をあげたのは手紙の二人、どうした、なんだとあとの二人が走りよる。イスルイールは来たときと同様に大股でさっさとそこを離れた。

目が焼ける、額も焼ける、熱い、痛い、と頭をかかえて騒ぎたてる二人、それに駆けよった残りの二人は背後からのびた炎の腕に尻を焼かれて飛びあがる。火を消そうと地面に転がり、わめきたてるのを背中に、イスルイールは顔色一つ変えることなく、高級な宿の石段の方に歩いていく。

明け方になれば彼らの痛みは消えるだろう。あとはけろりとするはずだ。尻に火傷を負った二人は当分のあいだすわることができないだろうけれど。

「酒壺を割ったりするからさ」
とイスルイールに同情心はない。石段を登りながら懐に手を入れて新しい羊皮紙を取りだす。宿の扉は難なくひらき、彼は見とがめられることなく三階の奥の間まで至った。

短く刈った髪の根元がぴりぴりする。魔道師は部屋にいて起きている。敵が来ると感じて待っている。イスルイールは呼吸を整えた。沸き立つ血潮を抑えこみ、戦いの昏い喜びを唇に刻んで扉の布の方にゆっくりと進んでいく。

同じようなことが前にもあったな、と思った。ああ、そうだ、あのときだ。父の敵《かたき》に。このように一歩一歩踏みしめて、むかっていったときだ。

民族解放の風の吹くさなか、ペレスの民は着々と足場を固めていた。五十年ほど前のことだ。イスルイールの父はペレス人でありながら、商才にものをいわせてコンスル人の社会に食いこんでいった。もうその頃にはコンスル人の中にも、土着の民との融合を認める人々も多くなっていた。父はコンスル人の書記官の娘と恋に落ち、結婚した。彼という息子をもうけ、財産も作った。その矢先に、川に落ちて死んだ。行方不明になって三日後、川下の葦《あし》の茂みで見つかった遺体はひどく損傷して、身元を語ったのは銀の腕輪だった。

その後、母は祖父や親戚の勧めでコンスル人と再婚した。長じてからイスルイールが家を出たことによって、父の作った財産は母の新しい一家に流れた。それはいい、財産などに興味はなかった。ただ、父の遺体を目にしたときから、銀の腕輪を手渡されたときから、彼の中になにやら黒く形の定まらないものがうごめきはじめたのだ。そしてそれは、家を出たのち、財産の流れや、一家を裏で操っているのが本当は誰なのかということが見えはじめてくるに従って、より黒々と、領域を広げて彼の心の中に跋扈しだした。

〈夜の写本師〉となってしばらくしてから、一度家に帰ったことがある。母も義理の父も二人の弟も彼を心から歓迎した。宴会は一晩中つづいた。家族は朝方にようやく引きあげた。召使いも皆、寝に行った頃合いに、彼は疑惑を胸に、今のように一歩一歩奥まった部屋に近づいていったのだった。

年寄りは朝が早い。祖父——母の父は、暁方なのでもう目覚めていた。彼が入っていくと、ぎょっとしたように手元から目をあげた。寝台の中で帳簿を調べていたらしい。まんまと追い払ったと思った孫が戻ってきたことで、驚愕と当惑と少しの罪悪感がないまぜになった表情を浮かべていた。

「おじいさま」

と彼は会釈して寝台のそばに椅子を引きよせてすわった。

「アヴェナス」

祖父も動揺をおし隠してうなずいた。イスルイールは帳簿を指さした。

「さすがですね。いまだに銭勘定ですか」

「頭の回転を鈍らせぬようにするにはこれが一番だ」

「義父上には任せられない、ですか」

「そんなことはないが」

と言いつつ、指はしっかりと帳簿を押さえている。まるでイスルイールから取りあげられるのではないかと怖れているかのように。イスルイールは懐から羊皮紙を取りだした。細い巻物になっている。

「実はこれをおじいさまに見ていただきたくて」

祖父の緊張が少しゆるんだ。帳簿を押しやり、巻物を解きはじめる。

「なんだ?」

「まず、見てください」

祖父が巻物を広げる。視線を走らせる。目のなかで瞳孔が広がる。それからイスルイールは尋ねた。父を死に追いやったのは誰か、と。祖父は真っ青な顔になって知らぬ、と言おうとしたが、返事は気持ちとは裏腹に、町のごろつきだというものだった。

「そのごろつきを雇ったのは誰です?」

祖父は巻物を握りしめ、息を荒くした。

「ハッタスという男だ」

「ハッタスに言いつけたのは?」

「わた、わたし、……わたしだ……」

冷や汗が額で光る。どうして真実を口走ってしまうのか、わからないのだ。

「何を命じたのです？」

「おまえの父を……始末しろ、と。事故と見せかけるように……」

がたがたと震えはじめる。羊皮紙がかさこそと鳴る。

イスルイールは真実を知ってふうっと息を吐いた。どうしてそのようなことをしたのかは、聞かなくてもわかっていた。祖父はペレス人の娘婿《むこ》を是認することができなかったのだ。コンスル人の書記官である自分より羽振りのいいペレス人を許せなかったのだ。それが娘婿であれば、なおさらのこと。おのれの誇りを傷つけ、コンスル人の尊厳を卑しめる男を消すことで、自分の憎しみを終わらせようとしたのだ。そして父の築いたものすべてをかすめとった。財産も、母も、一家の尊厳も……。

……彼は今、あのときと同じように扉幕を押しわけてなかに入っていった。胸元に留めた羊皮紙の切れ端がかすかに震え、最初の小手調べを退けたことを知らせた。

魔道師ハインは左手奥の、大きくあけた窓辺に腰をおろして待っていた。斜めになった月の光が彼を黒々とした獣のように見せていた。

「ギデスディンの魔道師か。人の部屋に入る前には、ちゃんと挨拶をして名を名乗れ」

イスルイールは黙して立ち止まったまま、相手の力をおしはかった。誤解を解くには及ばない。本の魔道師と思っているのならそう思わせておこう。

名を名乗れ、無礼者、と再びの言葉にかぶせるように、

「人の家に火をつける方がよっぽど無礼だと思うがね、水の魔道師のハイン。水の力をもっていながら、人の家を焼きはらうとは、なんという暴挙だろう」

相手はちょっと目をみはった。

「写本師か。しかもわたしを知っていると言うのか」

イスルイールは冷笑した。

「どのくらい知っているか、教えてやろうか、水の魔道師ハイン。あんたはかつてシギ山の隠者だった。あるとき、思いたって山頂に登り、雪の中に竜の卵を見つけた。戯《たわむ》れに持ち帰ると、卵は孵《かえ》り、あんたは子どもの竜を得た。ちょうど百二十年前の話だな。隠者は水を操る力を得て、魔道師となった。竜は少しずつ大きくなったが、あんたは水の力で竜の心の目覚めを抑えこんだ。しかしその抑えが効かなくなる日がやってきた。竜はあんたから自立しようともがき、あんたはさせまいと抑えつけた。二人にとって定められた時が迫ってきているのもわかっていた。竜は真の姿を取り戻し、あんたはただの人間に戻る時が。それであんたは竜を檻に閉じこめようとした。竜はそれを悟って逃げだした。あんたは逃げた竜を捕まえて定められた時をやりすごせばなんとかなると考えた。それで再びシギ山のふもとに戻ってきたんだ」

魔道師は言うべき言葉が見つからなくて、硬直したようだった。窓辺から離れて一歩二歩と近づいてくる。

「しゃ……写本師風情がなぜ……ナイナは……しゃべれないはずだ……」

「そうとも。ナイナは人間の言葉を持ちあわせていない、まだ。だが、わたしにはすべてが見えたよ」

「やはり……貴様が彼女を連れていったのか」

「連れていったのとついてくる、というのは語感が似ているが、まったく違った意味だね。三月《みつき》ほど前、ここからずっと西のとある町を通りかかったときに、彼女は自分からくっついてきたのだよ」

「馬鹿を言え。彼女は他人に自らを預けるなどするはずがない」

「はずがない？　それはあんたの経験則だろう？　あんただけの。人間は皆自分と同じだと思っちゃあ、いけないね。事実、ナイナはあんたとは違う人間をわたしの中に見つけたのだよ。だからこそ、ついてきた。ナーナに行くのなら、一緒に連れていってと言ってね。ああ、もちろん、言葉にしたわけではない。頭の中に彼女の想いが伝わってきたのだよ。あんたにはそんなこと、なかったらしいね。話しても無駄だと思ったのだろう。あんたには他人の話を聞く気がない。他人の心を慮《おもんぱか》る気がない。ナイナの自立など無価値だと思っているからね」

「竜に自立だと！」

魔道師は嘲《あざけ》った。

「写本師よ、本を読みすぎて戯言《ざれごと》ばかりを頭に詰めこんだと見える」

「水の流れさえ下から上に変えてみせられると思ってるあんたには、定めの流れなどどうでもいいことなのだろう。卵は孵る。雛《ひな》はおとなになる。竜だって自立の時が来る。単純な摂理を、あんたは顧《かえり》みることをしない。だからナイナの声も聞こえない。ナイナも語りかけることをやめた。そしてあんたのもとから去ったのだよ。ただの隠者だったあんたは、百二十年間、魔力を得ていい思いをしてきたのだろう。そろそろ潮時だ。彼女を自由にして、もとの隠者に戻ったらどうだ」

「竜に自立だと！」

魔道師は両手を広げて叫んだ。

「あれはわたしのものだ。わたしが卵から孵したのだ。誰にも所有権などない」

「誰にも所有権はない。そのとおりではあるがね」

「彼女はどこだ、写本師。教えれば見逃してやろう」

イスルイールは吐息をついた。彼はかがみこんで足元に羊皮紙を広げた。

「なんの真似だ、それは」

「我が家を……まぁ、貸家ではあったが、家は家、それに家具調度はわたしがよくよく選んで買ったものだったし、保護魔法をかけていたとはいえ、本だって煤《すす》だらけになってしまったし、掘りだすのも一苦労だ。あんたが焼かせたものの話だよ。なんと言っても、力にものをいわせて無法を通すっていうのが気に食わない」

彼はにやりとすると数歩退いた。相手はこの挑発に乗った。

「偉そうに言うじゃないか、たかが写本師が」

そう言いながら近づいてきた。

「これは何か、護符のつもりか？　こんなものでわたしの魔法を止められると思っているのか？」

のぞいたとたんにその足が止まった。身体を動かそうと試みているが、指一本動かなくなっているはずだった。イスルイールは片手をひらひらさせた。

「まぁ、しばらくそのままでいてくれるとありがたいね。ナイナのお迎えが来るまで」

踵《きびす》を返して立ち去ろうとすると唸り声がした。イスルイールが飛びのいたのは、魔道師が呪縛を破って足を動かし、羊皮紙を蹂躙したからだった。

「おっと、やっぱりだめか」

「そなた、やはりギデスディンの魔道師か」

ハインは片手を持ちあげて呪文を唱えた。床板の隙間から水が噴きだしてきた。それは、イスルイールのズボンや上着の裾に跳ねて、嫌な臭いのする煙に変化した。ただの水ではない。火山の懐に沸き立つ熱い毒の水。竜の臥所《ふしど》をめぐる水だ。

イスルイールは思わず笑った。

「何もそこまで竜の真似をしなくても」

ナイフを取りだすと、別の羊皮紙を手早く二枚四枚八枚十六枚に切ってばらまく。一枚一枚にはちゃんとイスリル文字で「炎」と書いてある。それらが噴きだしてくる水に出合うと、ぽんぽんと音をたててはじけ、小さな炎をあげて燃えた。燃えて煤と化したものが床板の隙間に入りこんだ。水は行き場を失って魔道師にかえっていった。ハインは飛びのいて早口で呪文を唱えた。取り消しの魔法を使ったのだろう。

「なかなかの使い手らしいな、写本師崩れの魔道師。名はなんという。好敵手にはなかなか出会えないものだ」

「仕方ないね、そう何度も聞かれては、さすがに礼儀というものがあるか。家を焼いてくれたあんたに払う敬意はないとしてもね。わたしはイスルイールだ」

祖父を呪ったあのときに、彼にはアヴェナスを名乗る資格はなくなった。あれ以来、彼はコンスル人でも、ペレス人でもない、まったくよその国の名前を名乗ることで、祖父を呪った対価を払っていると、自分では思っている。

「おかしな名前だな」

「このへんではね。もっとずっと東、フェデレントとかイスリルに近いところだと、そう珍しくないのだけどね」

「そうなのか、イスルイール。魔道師にはなるべく名前を知られぬようにと、師匠から最初に教わらなかったのか?」

ハインはそういう口の端でまた別の呪文を唱え、片手を突きだしてイスルイールと叫んだ。

大気中の水分が凝集し、クラゲのような塊があらわれた。本来ならそれは、名前を呼ばれた本人の口と鼻をおおい、窒息させるはずの魔法だった。しかし迷っているかのように空中をうろうろと浮遊したのち、形を茸にしたりゾウリムシにしたりしながら魔法をはなった本人の方に漂っていった。ハインは舌打ち一つでそれを戻した。

「今のは何だったのかな？　死にかけたクラゲか？」

と言うと、ハインは額を真っ赤にした。魔道師なのだから、彼のようにひねくれて口八丁の敵をたくさん相手にしてきただろうと思っていたのに、そうではなかったらしい。イスルイールは自分のような者は世の中にたくさんいると思っているが、意外とひねくれた者には出会わないものだ。ハインもまた然り。彼が相手をする者はほとんどが魔力をもたぬ者、脅しつければそれですむ者ばかりだったのだろう。

イスルイールは幼い頃、不器用であったことを感謝した。そうでなければ努力の苦い味を知ることもなく、偶然力を手に入れたハインと同じようになっていたかもしれない。彼が胸を張って言えるのは、確かに努力をしたこと、試行錯誤を積み重ねて頑丈に裏打ちされた土台をもっていることである。それゆえ世慣れたことも言えるし、愛想笑いの裏にひそむとぐろを巻いた蛇のような謀略や、一見善行と思えるものを裏返しにしたときに這いだしてくる嘘や悪知恵やしっぺ返しの存在も知っている。ハインは彼を魔道師、と呼んだが、そう、まさに、イスルイールは汚濁を身にまとってなお恥じることなく二本の足で立つという意味では、また別種の魔道師なのであろう。

ハインは完全に怒った。次々に呪文を吐き散らした。水のクラゲをいくつも作って、イスルイールめがけてぶつけてきた。壁沿いに厨房から引きあげた水を熱湯にして天井から降らせた。部屋中に充満した水滴をヒルのように皮膚にはりつかせて、血を吸いとらせようとした。

イスルイールはほうほうの体で宿を飛びだした。広場まで転がりでると、魔道師が追いかけてくるのを待った。このような丁々発止の魔法戦は久しぶりだ。思わず笑みがこぼれる。

すぐにハインがあらわれた。彼が石段を駆けおりてくるあいだに、イスルイールは最後の二枚の羊皮紙を用意した。

ハインは息を切らしながら呪文をわめいている。彼の手のひらを見たと思ったとたん、イスルイールは足元に突然できた氷にすべって仰向けに倒れた。起きあがろうとしているあいだに、魔道師が肉薄してくる。羊皮紙を握っていた手首を踏みつけられる。はぁはぁ言いながら歯をむきだしにして、血走った目を見ひらいている。こめかみには青筋が浮きだしている。べとついた髪の一端が、赤く染まった額にかかっているのが滑稽《こっけい》だった。彼は、皮膚という皮膚から水分を奪う呪文をコンスル語で唱えはじめた。どうやらこの男は、本当に努力というやつには無縁なのだろう、なんとなく頭に浮かんできた呪文を唱えれば魔法が働く、と、そればかりをやってきたのだ。皮膚から水分を奪うという魔法ならば、それは最も効率よく効果の高いマードラ国の——死体や頭蓋骨や干からびた内臓を退魔に使う、南方の泥の中で生まれた昏い言葉をつかうべきだった。そうであったらイスルイールも対抗できなかっただろう。だが、このコンスル語で編みあげられた呪いならば。

肌がかさかさになっていく感触を覚えつつも、イスルイールは踏みつけられた手をひらいた。握りしめていた羊皮紙が手から離れる。顔ほどの大きさの三角形のそれは、斜めに沈みゆく月の光に照らしだされた。

ナランナ海の水で作ったインク、カラス貝の殻を砕いた粉をふりかけた羊皮紙、シギ山の上を飛んだ鷺の羽根のペンで記したイスリル語の鏡文字の組み合わせ。

ハインは違和感を覚えたのだろう、呪文がつかのま途切れた。その隙を狙ってイスルイールは片足を振りあげた。踵《かかと》がハインの腹部にめりこんだ。思ったよりもしっかり入ったらしい。ハインは鳥のような声をあげて身体を二つに折った。

イスルイールはそのまま横に転がりながら四つん這いになって立ちあがった。その手には、あの三角の羊皮紙を拾っている。

今度は彼がハインに近づく番だった。両手に羊皮紙を広げて近づいていくと、ハインの狐顔がたちまちしぼんでいった。

彼は目を大きく見ひらいて、しなびていく自分の両手を眺め、呪いがかえされたことを悟ったようだった。今は怖れの光をたたえて羊皮紙を一瞥し、それから愕然として顎を下げた。服の中で縮んでいく自分の身体に、倉皇となって取り消しの呪文をつぶやいたが、すでに肉体は縮みきり、かろうじて人間の姿を保つ有様である。彼はがっくりと膝をつき、うなだれた。

イスルイールは呪文を唱えられなくなる呪符を彼の襟に落としこんだ。

「ギデスディン魔法に敗れるとは……」

とハインはつぶやいた。イスルイールはその彼の腕を取って立ちあがらせ、

「わたしは魔道師ではない」

と意地悪く笑った。

「あんたは魔道師に敗れたのではない。あんたが敗れたのは〈夜の写本師〉だよ」

5

月が沈み、太陽の光の腕《かいな》が山際からのびてきた。イスルイールとナイナは、シギ山に至る道を登っていった。山道は両側に森を抱いて急な上り坂を作り、坂の上にようやく至ったと思うや反対側に落ちこみ、湿った窪地から再び上り坂となっていた。しかしそれは前よりずっとゆるやかで、登るにつれて森は退いていき、やがて広くひらけた斜面に変わった。斜面のむこう側にはシギ山の山頂につづく稜線がそびえていた。そのあいだにごく狭い谷があり、この高原を横切る細い河床となって海へとつながっている。河床には水は流れていない。

春まだ浅い時期、薄く緑が萌えだしたばかりである。他の小川は流れを作って、生まれたての蛇のようにくねくねと寄り道しながら高原を潤しているというのに、この河床には一滴も水が来ていない。

他には誰もいない、水の流れない小川のそばで、イスルイールとナイナはじっと待った。朝陽がシギ山の山稜からもったいぶってあらわれた。高原の上を光が走っていく。彼は目を細め、小川の上流、谷間と高原の斜面との境目に顔をむけた。手びさしを作って待つことしばらく、ようやくちかりと銀にきらめく色を見た。

「ナイナ、来た！」

と彼は叫ぶ。ナイナは歓声をあげて飛び跳ねる。

谷のとば口から躍りでてきた水は飛沫《ひまつ》をあげて河床を走ってくる。銀にきらめく水は、シギ山山頂の雪解け水の翠《みどり》を抱いている。あぎとをあけて襲いかかってくる大蛇さながらに、一直線に斜面を流れ下ってくる。河床におりたったナイナは両腕を大きく広げて満面に笑みを浮かべた。その頬で、銀の痣が鱗となって輝いた。

――イスルイール、ありがとう！

人間のものではない言葉が彼の頭の中でこだまする。応える暇もなく、水はナイナの膝にぶつかった。ナイナは迎えを得て、少女の姿を失った。まるでぶつかってきた流れによって粉々に砕け、とけてしまったかのようだった。彼女は霧散した。濃い霧があたりにたちこめた。

イスルイールが目にすることができたのは、かろうじて自分の指先だけ。昇った朝陽がはるかな空のむこうで卵の黄身をつぶしたようにとろけている。その霧の粒子一つ一つがナイナだった。歓喜に満ち、解放の歌を歌い、朝陽を愛《め》で、再び生まれきたる時のめぐりをたたえた。

イスルイールの頬に、指先に、髪に、ひとしきり触れて感謝の念をあらわしたあと、霧は風のような音をたてて大きく身体をひねった。

霧は銀に、翠に、鱗を輝かせた長い竜となって、河床の上をうねり、高原の緑をかすめ、再びイスルイールの周囲をへめぐってから、海の方へ。帆をおろして出港の準備をしているたくさんの船を一揺らししてからかい、驚きあわてる人々の頭の上に息を吹きかけ、それから螺旋《らせん》を描いて昇りつつ、町の屋根屋根に高笑いのような声をふりまいていった。

イスルイールも満面に笑みを浮かべて、竜がだんだんと小さくなっていくのをじっと見つめていた。彼女が最後に、天空でちかり、とまたたくと、縦に輝く虹がまるで緞帳《どんちょう》のようにあらわれた。それは虹色の雨となって人々の上に降ってきた。港でも、街でも、驚きの声があがり、やがて歓喜のどよめきとなって、イスルイールのいるところまでかすかにとどろいてきた。

虹の雨が降ったのだ。この地は再び栄えるだろう。港は昔日の活気を取り戻し、道は整備されて広がり、たくさんの人々がこの町に集まってくるだろう。ナランナ海の西、フォトやマードラ、パドゥキアといった国々との交易も昔のようにさかんになるにちがいない。

毎年一度、この季節に〈霧の竜〉を迎える祭りが再開されるのも、そう遠くないだろう。ナイナは必ずやってくるにちがいない。そしてまた虹の雨を降らせるにちがいない。

大きく深呼吸をして、イスルイールは山の気を胸いっぱいに吸いこんだ。それから、短い髪の先に虹のしずくをつけたまま、山懐を下っていき、焼けてしまった家に戻って、煤だらけの本を何冊か救いだした。

興奮した人々でごったがえす通りをぬって、ヨウデウスの泊っている宿に近づいていった。弟は、甥っ子と一緒に、荷馬車に上皮をかけていた。端紐を木枠に結びつけている、その背後に立った。

「ずいぶん儲けたみたいだな」

と声をかけた。ヨウデウスは飛びあがらんばかりに驚いた様子だった。

「ああ、兄さん、いきなり驚かすなよ」

「それは、フォトの絨毯か？」

ヨウデウスは誇らしげにうなずいた。

「いい品物が手に入った。テクド産の葡萄酒も仕入れることができたし、今回は素晴らしい取引だった」

「さっき、虹の雨が降ったのを見たか？」

「おお！　見たとも！　これからはこのあたり一帯が栄えるとみんなが騒いでいる。その先駆けに取引の約束を取りつけられて、わたしもうれしいよ。聞いてくれ！　フォトの商人三人と、今後十年の契約を結んだよ！」

「それはそれは。前途は輝いているな」

ちくりと皮肉っぽい口調で返したが、有頂天に頬を染めているヨウデウスは気づかなかったようだ。甥っ子の方に頭をかしげて、

「ウィンデルも商売を少し覚えたし。今回は収穫はたくさんあったよ」

イスルイールは懐から小冊子を取りだした。焼け残ったうちの一冊である。煤を払ってきれいにしてある。

「みやげがほしいと言っていただろう。これをやるよ」

「おお、そうか！　うれしいよ……なんだか少し、焦げ臭くないか？」

「火事で家が焼けてしまったからね」

「あ……昨夜の……あれは、兄さんの家だったのか？　大丈夫か？　怪我はなかったか？」

「ああ。なんだか知らんが、おまえたちが帰ってしばらくしてから、魔道師とごろつきどもが家にやってきて火をつけたんだ」

　そう言ってから注意深くヨウデウスの顔を覗きこんだが、目をみはった様子に嘘はないようだった。しかし、そばで荷紐を結んでいたウィンデルの動きが止まった。狼の気配を感じて一瞬立ちすくんだ小鹿のように。鹿ならすぐに跳躍して逃げ去るが、彼はしばらく凍りついたままだった。

　イスルイールはふうっと息を吐いた。甥っ子は自分がしたことの結果として、何が起きるのか、予想がつかなかったのかもしれない。まだ若いのだ。そう思ったので、最初の計画を変更することにした。

　イスルイールはヨウデウスの手から小冊子をひったくると、甥っ子の名前を呼んだ。ふりかえったとき、彼はすでに動揺から立ち直って、平然としていた。

「やっぱりこれはおまえにやろう。おまえだって長旅をして、商売もしたんだ、少しはご褒美がなければね。ウィンデル、これは持っているだけでお守りになる。とある本の魔道師がそういう魔法をかけたんだ。持っているあいだはおまえをあらゆる災厄から守ってくれるだろう」

と押しつけるようにして手渡した。ウィンデルは上目遣いのまま、もごもごと礼を言う。

「ヨウデウスにはこっちの本だ。美麗《びれい》だが、お守りの力はない。ただの本だね。だが、こっちにはわたしの魔法がかかっている。商売繁盛の」

ヨウデウスは金箔《きんぱく》で縁どられた『ナランナ海地誌』をもらって、

「おお、商売繁盛か、それはいい」

と笑った。イスルイールの魔法がかかっている、というのは冗談だと受けとったようだ。それならそれでいい。

「兄さんはこれからどうするんだ、家が焼けてしまっては行くところもないのではないか。いっそ、わたしたちと家に帰らないか」

「わたしはパドゥキアへ行くんだよ。ここにとどまっていた目的は果たしたのでね」

「ああ、そう言っていたな。しかし、どうしても行かなければならないのか？」

「そうだね。あちらでは写本工房が充実しているそうだ。本場で腕をふるうのもいいかと思うのでね」

そうか、残念だ、とヨウデウスは肩を落とし、それから気をとりなおしたように家族に伝言を、とせっついた。イスルイールは微笑んで首を振った。ただ元気だったと伝えてくれればよいと告げた。それからまたしばらく別れの言葉と挨拶を名残惜しげにくりかえし、ようやく気がすんだところで、ヨウデウスは馭者台《ぎょしゃ》に甥っ子とともに乗りこんだ。

海風が吹いてきた中、イスルイールは片手をあげ、さも思いだしたように、ウィンデルを呼んだ。

「ウィンデル、その本のことだが。持っているだけにしておくんだよ。ゆめゆめひらいて中を見たりしてはいけない。お守りの効力が失せるからね」

ウィンデルは妙なことを言う、と不審げな顔つきをしたが、すぐもとの表情に戻ってうなずいた。最後まで視線を合わせなかった。がたごとと左右に揺れながら荷馬車が遠ざかっていく。イスルイールは腕組みしつつその後ろを見送った。

魔道師にナイナの居場所を教えたのは彼だろう。たぶん、酔って気分がよくなり、少女のことを尋ねまわっている魔道師が示した金額に、口も軽くなったのだろう。だがそれで、イスルイールたちは命を危険にさらし、家を焼かれた。それを知ったときに、ウィンデルはどんな態度をとったか。しゃべったのが自分だとも明かさず、素早く動揺から立ち直った。

イスルイールはそこに彼の将来を見たような気がした。嘘とごまかしでなりたっていく人生。人は悪行をなしたとき、ばれなければよしとする。だが、長い目で見たとき、それが本当に、運がよいということだったか、というと、表裏は逆になる。ことに、ウィンデルのような年若い者にとっては、悪事をなしたときにまんまと逃れることは、のちの不運につながることが多い。今回、あれはちょっとした裏切りを働いた。懐には、少年には持ちえない大金を得て裏切りは誰にも知られず、幸運だったとほくそ笑んでいる。だが、その金を使うとき、彼は良心も一緒に手放していくのだ。そしてすべてを使いきる頃には、また幸運の夢を追って人を裏切り、卑怯なふるまいをし、闇に棲む獣のようにうしろぐらいことに首までどっぷりとつかることになるだろう。さて、はたしてそれが幸運といえるだろうか。

イスルイールはあの本を決してひらくな、と言った。ひらくなと言われて、ずっとそれを守っていられるだけの実直さが育っていけば、彼はもう二度と卑怯者にはならないだろう。しかし、彼はひらくにちがいない。直感はそう告げていた。ひらけば、自分がしたこととその結果が飛びだしてくる。それは彼の目から頭の中に入り、くりかえし思いださせることになるだろう。実際は見なかったイスルイールの家の焼け落ちる場面を、思いだすことになるだろう。そして何度めかに、ようやくそれは彼の心に到達する。卑怯な行いの意味する事実に気づいて、二度と同じ過ちはすまいと自分に誓えば、悪夢は霧散する。金銭を得るだけが幸福ではないのだと気づけば、あの汚れた金は自ら姿を消すことになるだろう。むしろそうなってほしいとイスルイールは願う。甥っ子はそこから再出発することができる。それこそ、真の幸運というものではないか？

父を殺させた祖父は、そうならなかった。あのあと、机に置いてきた護符が、祖父に悪夢をくりかえし見せたのだろうけれど、ちゃんと後悔する前に彼の寿命が尽きた。別の言い方をすれば、おのれのつくった闇に良心を食われてしまったのだ。

イスルイールは心の中で語りかけた。ウィンデルよ、早くおのれの闇に気づいて抜けだすがいい、と。このような闇を承知のうえでかかえこみ、人々の欲望の澱をひきうけて、静かに静かに黒い運命を呼吸するのは、魔道師と〈夜の写本師〉に任せておくがいい、と。


風雨の夕刻、西の方が夕焼けに染まっているのをあてにして出港した貿易船に、イスルイールの姿があった。そのそばにはずいぶんしなびた感じの老人が、腰を曲げて付き添っている。

「パドゥキアにはファナク国を横断しないと着かないらしいよ」

と彼は朗らかに連れにむかって叫んだ。

「だからあんたはファナクの友人の庭師のところに置いていこう。彼の家はいいところらしいから。一年中薔薇《ばら》の咲きほこる、暖かい場所だというよ。老後の暮らしにはぴったりだろう?」

老人はぶつぶつと何か言った。イスルイールは答える。

「まぁ、いいじゃないか、ハイン。それだって、はきだめみたいなところで湿気と関節炎に苦しむよりははるかにましなものだよ。しかも食う心配がない。わたしには感謝してほしいね」

また老人は何か言った。するとイスルイールの声が風に吹かれて海を渡っていった。

「人間の不幸せなところはね、本当に幸せなときにそれに気づかないっていう点じゃないかと、わたしは思うんだがね」

その言葉は波頭から波頭へと手渡され、西に、南にと流されていった。

1371	【コンスル帝国・イスリル帝国】 ロックラント砦の戦い	
1377	【コンスル帝国】グラン帝即位 【イスリル帝国】このころ内乱激しくなる	
1383	神が峰神官戦士団設立	
1391	【コンスル帝国】グラン帝事故死 内乱激しくなる	
		『太陽の石』 デイス拾われる
1770	最後の皇帝病死によりコンスル帝国滅亡 【イスリル帝国】第三次国土回復戦、内乱激しくなる 【エズキウム国】第二次エズキウム大戦 エズキウム独立国となる パドゥキア・マードラ同盟	
1771	フェデレント州独立　フェデル市国建国	
1830	フェデル市〈ゼッスの改革〉	「魔道写本師」 『夜の写本師』 カリュドウ生まれる 「闇を抱く」

〈オーリエラントの魔道師〉年表

コンスル帝国紀元（年）	歴史概要	書籍関連事項
1	コンスル帝国建国	「黒蓮花」
360	コンスル帝国版図拡大	
	北の蛮族と戦い	
450ころ	イスリル帝国建国	『魔道師の月』
		テイバドール生まれる
480ころ	【イスリル帝国】第一次国土回復戦／北の蛮族侵攻	
600ころ	【コンスル帝国】属州にフェデレント加わる	
807～	辺境にイスリル侵攻をくりかえす	『陶工魔道師』
840ころ	エズキウム建国（都市国家としてコンスルの庇護下にある）	
1150～1200ころ	疫病・飢饉・災害相次ぐ	
	【コンスル帝国】内乱を鎮圧／制海権の独占が破られる	
1330ころ	イスリルの侵攻が激しくなる	
	【イスリル帝国】第二次国土回復戦／フェデレント州を支配下に	
	コンスル帝国弱体化　内乱激しくなる	
1348	【エズキウム国】第一次エズキウム大戦	
1365		『太陽の石』
		デイサンダー生まれる

魔道師たちの饗宴

三村美衣

本書は、オーリエラントと呼ばれる世界で暮らすさまざまな魔道士たちの仕事や暮らしぶりを描いた連作短篇集である。二〇一三年に刊行された著者の六冊目の書籍にして、初の短篇集だが、今回の文庫化に際し、四篇の収録作のうち一本が描きおろしの新作に差し替えられている。

四つの物語は、デビュー作『夜の写本師』を始めとする一連の作品と同じ世界を舞台にしているが、年代も地域も異なり、それぞれが独立した作品となっている。本書だけでも、そしてどの短篇から読み始めても面白味を損なうことはないので、この著者の本をはじめて手にする方にも、魔道師たちの織りなす不思議な物語を存分に楽しんでいただけるはずだ。

八〇年代末からのライトノベル出版で異世界ファンタジーがブームとなり、そし九〇年台末には《ハリー・ポッター》が登場し、世界を席巻した。勢いがあまりに激しかっただけに、嵐が過ぎ去った後には、逆に荒廃した大地が残されるのではないかと不安を感じたジャンル読者もいたほどだ。しかし国内においてはその心配は杞憂《きゆう》に終わり、〇〇年代には、上橋菜穂子、荻原規子、小野不由美などが不動の人気作家となり、国内作家のファンタジーを出版する素地が着実に作られ、菅野雪虫や廣嶋玲子といった新しい才能も誕生する。そしてそんな中、二〇一一年に翻訳ファンタジーで知られる東京創元社から刊行されたのが、乾石智子『夜の写本師』だった。

乾石智子がファンタジー読者から賞賛されたのは、なによりも、物語の中心に魔道師を据え、魔法の存在する世界の暮らしぶりを活写したところだ。異世界ファンタジーは、世界の変化に翻弄される人間を描いた大河ドラマ風の作品が多いが、この著者の作品はいずれも魔法そのものが、物語の原動力となっている。そして、そうしたファンタジーでしか書くことのできない、物語や風景や行間から滲《にじ》む仄《ほの》暗い情念が、読むものを圧倒するのだ。

面白いのはその魔法の種類がひとつやふたつではなく、多岐にわたっているところだ。風土や歴史や信仰が違えば、別の呪術や魔術が存在する。やり方も違えば、魔道師となるシステムや力の源もまた異なって当然なのだ。

本書に収録されてる四篇だけとっても、複数の魔法を見ることができる。

今回新たに収録された「陶工魔道師」は、陶器を使って人の願いを叶えるもので、開祖とも言える陶工の名から〈ヴィクトゥルスの魔法〉と名付けられている。猫のギャラゼが操るのは自身や物を動物に変身させる〈ウィダチス〉。「闇を抱く」の魔法は、日用品と人体の一部を使って行なう魔女専用の〈アルアンテス〉。「黒蓮華」の顔のない魔道師が使うのは、人間や動物などの死体の一部を使用する〈プアダン〉。そして「魔道写本師」には本と文字を使って行なう〈ギデスディン魔法〉、そしてそこから派生した〝夜の写本師〟と呼ばれる特殊な魔法と水の魔道師も登場する。

著者によると、この世界の主な魔法は大別して十四種に別れるそうだ。

先にあげた、〈ウィダチス〉、〈アルアンテス〉、〈プアダン〉、〈ギデスディン魔法〉以外に、『夜の写本師』に登場したのが、相手を殺してその力を手に入れる〈エクサリアナの呪法〉。海や月を力の源とする女性専用の〈拝月教の魔法〉、人柱・死体を通して負の感情を増幅して使う〈マードラ呪法〉、人形と人体の一部を使う〈ガンディール呪法〉。『魔道師の月』、『太陽の石』に登場する、大地にかかわるものを力として、おもに風、土、水、植物、火を操る〈大地の魔法〉。また、文庫版で割愛された「紐結びの魔道師」では、紐の結び目によって物事に様々な作用を与える〈テイクオクの魔法〉と、パワーストーンを使用する〈貴石占術〉が描かれていた。さらに生贄《いけにえ》・血液を使う〈オイル教〉、気の流れを物の位置で制御する風水にも似た〈ファオサイン〉、色を使う〈カルアンテス〉がある。

とはいっても「夜の写本師」の呪術も、陶工魔道師のヴィクトルスの魔法も、この十四種類に含まれていないので、まだまだこの世界には無数の分派や、異端が存在するということなのだろう。

以前にインタビュー（SFマガジン二〇一三年六月号掲載）で、魔法の発想はどういうところから得ているのか尋ねたところ、大半は日常の何気ないシーンからだという答えがかえってきた。

日常の何気ない思いつきからです。たとえば、通販で届いた品物の後始末に段ボールを紐でくくりますよね。紐でくくりながら、「あ〜、縦結びになってしまったあ」と自分の不器用さを嘆きつつ、この縦結びが何かの役に立てばいいなあ、とか考えるわけです。縦結びにしたら荷物がひとりでに集積所に歩いて行ってくれる、とか、ちり紙に変身する、とか。ウサギの耳に青色のリボンを結べばしゃべり始める、とか。

物を包んだり、紐をかけたり、文字を書いたり、届いた手紙をちぎって捨てたり。日常のごくあたり前の動作に人の思いが絡み、魔法が生成される。太古の言葉で呪文を唱えて杖で大地をガンと突いて行なう魔法や、表現や描写を連ねる詠唱魔法などもかっこいいが、〈オーリエラント〉の魔法は自分も真似して練習したくなるような、手仕事感覚があるところが楽しい。子供の頃スパイになる訓練や、忍者になる訓練を少しでも試したことのある方なら、『夜の写本師』の修行過程にわくわくし、自分でも紙とペンを手にしたくなるだろう。

しかし誰でも手にできるお呪《まじな》いの類《たぐい》と、魔道師の魔法の間には大きな溝がある。たとえば

「闇を抱く」の中で、魔女のカリナは、魔法を使ったあとに依頼者に向かって「消耗するでしょ。魔法を使う。特に善意のない魔法を使うのは、自分の良心と体力を一緒に削っていく行為なの。人を呪うことはそんなに簡単なことじゃないわ」と語る。

彼らはきれいごとの世界には生きていません。魔道師は自らの内に闇を認め、闇とともに生きていく決意をした者たちです。普通の人々の闇を肩代わりするのがその役目、とは彼らの常識ですが、どんなに力があってもどんなに長生きしても、人間であることには変わりありませんから、ときには力におぼれ、ときには権力や財宝を欲し、あるいは内なる闇を育てすぎて、闇に食われることもあります。（SFマガジン二〇一三年六月号）

魔道師は森の端に住む世捨て人でもなければ、険しい山頂に住む仙人でもない。ともすると魔道師たちに、ゲドやガンダルフのような唯一無二の姿を重ねたり、超然とした自然との一体感のようなものを求め、反対に私利私欲のために働く者は悪と二極化して考えがちだが、このシリーズに登場する魔道師はもっと曖昧《あいまい》で身近な存在なのだ。彼らは市井《しせい》に暮らし、町や村の人々の求めに応じて病を癒すが、逆に、横恋慕のために人を呪いもする。魔道師を、単純な善悪や正邪で仕分けすることはできない。彼らは善悪の裁定する役割ではない。汚濁《おだく》も含め、日々の生活が生成するさまざまな感情を引き受けているのだ。しかし深淵を覗きこめば、深淵も覗き返してくる。魔法を使うものは、かならず心に闇を抱える。他愛のないおまじないの域を超えれば、それだけ魔道師が背負う荷物も重くなる。その重い闇にどう相対するのか。
世界を揺るがすような大きな物語を描く長篇とはことなり、本書には魔道師たちの日常に根ざした考え方や仕事ぶりなどの魅力が余すところなく詰め込まれている。職人としての、時にはまるで聖職者のようにも見える、魔道師たちの姿をぜひともご堪能いただきたい。

さて、これまでに〈オーリエラントの魔道師〉シリーズは以下の五冊が刊行されている。
『夜の写本師』(二〇一一年四月) 創元推理文庫
『魔道師の月』(二〇一二年四月) 創元推理文庫
『太陽の石』(二〇一二年一〇月) 創元推理文庫
『オーリエラントの魔道師たち』(二〇一三年六月) 本書
『沈黙の書』(二〇一四年四月) 東京創元社
今後の予定は、オーリエラントという呼称の秘密、世界の成立に遡《さかのぼ》るエピソード『沈黙の書』の文庫化が来年、そして秋には、今回割愛した短篇「紐結びの魔道師」を含む連作短篇集『紐結びの魔道師』が文庫で刊行されるとのこと。ひねくれ戦士エンスと愛すべき皺《しわ》くちゃ老人のリコ。ちょっと人を食ったコンビとの再会を楽しみに待ちたい。

収録作品中「陶工魔道師」は書き下ろし、
他の三編は二〇一三年小社より刊行されたものの文庫化である。